柳永 集

唐宋卷

主编 陈祖美

编著 陶然

河南文艺出版社
·郑州·

图书在版编目（CIP）数据

柳永集/陶然编著. —郑州：河南文艺出版社，
2018.11
（中华经典好诗词/陈祖美主编）
ISBN 978-7-5559-0706-0

Ⅰ.①柳…　Ⅱ.①陶…　Ⅲ.①宋词-选集　Ⅳ.①
I222.844

中国版本图书馆 CIP 数据核字（2018）第 134221 号

出版发行　河南文艺出版社
本社地址　郑州市鑫苑路 18 号 11 栋
邮政编码　450011
售书热线　0371-65379196
承印单位　河南瑞之光印刷股份有限公司
经销单位　新华书店
纸张规格　890 毫米×1240 毫米　1/32
印　　张　7
字　　数　155 000
版　　次　2018 年 11 月第 1 版
印　　次　2018 年 11 月第 1 次印刷
定　　价　29.00 元

导言

陈祖美

　　"中华经典好诗词"丛书是从浩如烟海的中华优秀诗词中几经精简、优中选优的一套经典诗词丛书。全套丛书共分先唐、唐宋、元明清三卷。其中唐宋卷唐代部分包括大小李杜,即李白、杜甫、李商隐、杜牧四位大家的作品专集,以及唐代其他名家的诗词精品,即《唐代合集》;宋代部分包括柳永、苏轼、陆游、辛弃疾四位大家的作品专集,以及宋代其他名家的诗词精品,即《宋代合集》。唐宋卷合计共十种。

　　综观本卷的十个卷本,各有别致之处和亮点所在。

　　李白和杜甫本是唐代名家中的领军人物,读过李、杜二卷更可进一步领略李、杜之别不在于孰优孰劣,而主要在于二人的性情禀赋、所处环境、生平际遇,以及所运用的浪漫主义和现实主义创作方法的不同。从林如海所编的《李白集》中,我们可以体会到诗仙作品那"笔落惊风雨,诗成泣鬼神"的艺术魅力。宋红编审在编撰《杜甫集》时,纠正了新旧注释中的不少错误,再三斟酌杜甫的全部诗作,为我们提供了不曾为历代选家所关注的一些新篇目,使我们对杜甫有了更深层次的认识。

在李白、杜甫身后一个多世纪的晚唐时代,再度出现了李商隐、杜牧光耀文坛的盛事。

平心而论,在唐宋卷的十种中,《李商隐集》的编撰怕是遇上较多难题的一种。感谢黄世中教授,他凭借对李商隐研究的深厚功底,不惮辛劳,从李商隐现存的约六百首诗作中遴选出八大类佳作,为我们消除与李商隐的隔膜开辟了一条捷径。

杜牧比李商隐的幸运之处,在于他尽管受到时相李德裕的多方排挤,却得到了同等高官牛僧孺的极力呵护和器重。再说杜牧最后官至中书舍人,职位也够高了。从总体上看,杜牧的一生风流倜傥,不乏令人艳羡之处,他的相当一部分诗歌读来仿佛是在扬州"九里三十步的长街"上徜徉。对于胡可先教授所编的《杜牧集》,您不妨在每年的春天拿来读一读,体验一下"腰缠万贯,骑鹤下扬州"的美好憧憬。

《唐代合集》所面临的主要难题是版面有限而名家、好诗众多。为了在有限的版面中少一点遗珠之憾,编者陈祖美主要采取了以下三种缓解之策:一是对多家必选的长诗,如《春江花月夜》《长恨歌》《琵琶行》等忍痛割爱;二是著名和常见选本已选作品,尽量避免重复,这里不再选用;三是精简点评字数。

唐宋卷中《柳永集》的编撰难度同样很大,其难点正如陶然教授所说:在柳永的生平仕履中谜团过多、褒贬不一。所幸,陶然教授继承和发扬了其业师吴熊和教授关于柳永研究的种种专长和各项成果,创造性地运用到本书的编撰之中,从而玉成了这一雅俗共赏的好读本。

仅就本丛书所限定的诗词而言,苏轼有异于以词名世的柳永和辛弃疾，洵为首屈一指的"跨界诗词王"！那么，面对这位拥有两千多首诗、三百多首词的双料王牌，本书的编撰者陶文鹏教授运用了何种神机妙策，让读者得以便捷地领略到苏轼其人其作的精髓所在呢？答曰：科学分类，妙笔点睛。不仅如此，本集在题材类编同时，还按照五绝、七绝、五律、七律、词、古风等不同体裁加以排列。编撰者将辛劳留给自己，将方便奉献给读者。

高利华教授所编撰的《陆游集》，则是对陆游"六十年间万首诗"的精心提取。正是这种概括和提取，为我们走近陆游打开了方便之门。编者将名目繁多的《剑南诗稿》（包括一百三十多首《放翁词》）中优中选优的上上佳作分为九大类。我们从前几个类别中充分领略了陆游的从军之乐和爱国情怀，而编者所着力推举的沈园诗则是陆游对宋诗中绝少的爱情篇章的另一种独特贡献。尤其值得一提的是，《陆游集》的更大亮点在于"家祭无忘告乃翁"这一类诗所体现的好家风。山阴陆氏的好家风，既包括始自唐代陆龟蒙诗书相传的"笠泽家风"，更有殷切期望后人继承和发扬为国分忧、有所担当的牺牲精神。

邓红梅教授所编的《辛弃疾集》，将辛弃疾六百余首词中的佳作按题材分为主战爱国词和政治感慨词等十一类，从而把人称"词中之龙"的辛弃疾，由人及词全面深刻地做了一番透视与解剖。这样，即使原先是"稼轩词"的陌路人，读了邓红梅的这一编著，沿着她所开辟的这十多条路径往前走，肯定会离辛弃疾越来越近，并从中获得自己所渴望的高品位的精神享受。

唐宋卷由《宋代合集》压轴，不失为一种造化，因为本集的编撰者王国钦先生一贯擅出新招儿、绝招儿。他别出心裁地将本集的八个分类栏目之标题依次排列起来，巧妙地构成一首集句七言诗：

彩袖殷勤捧玉钟，为谁醉倒为谁醒？
好山好水看不足，留取丹心照汗青。
流水落花春去也，断续寒砧断续风。
目尽青天怀今古，绿杨烟外晓寒轻。

读了这首诗想必读者不难看出，这八句诗分别出自宋代或由唐入宋的诗词名家之手。这些佳句呈散沙状态时，犹如被深埋的夜明珠难以发光。国钦先生以其披沙拣金之辛劳和出人意料的奇思妙想，将其连缀成为一首好诗。它不仅概括了本集的主要内容，也无形中大大增添了读者的兴趣。

接连手术后未及痊愈，丁酉暮春
勉力写于北京学院路寓所
2017 年 12 月

目　录

离情别绪·杨柳岸晓风残月

羁旅愁思·路遥山远多行役

四时节序·灯月阑珊嬉游处

承平赞歌·太平时朝野多欢

应制颂圣·人间三度见河清

人生感慨·游宦区区成底事

咏物抒怀·天然淡泞好精神

青楼幽怨

彩线慵拈伴伊坐

斗百花

煦色韶光明媚，轻霭低笼芳树。池塘浅蘸烟芜，帘幕闲垂风絮。春困厌厌^①，抛掷斗草工夫^②，冷落踏青心绪^③。终日扃朱户^④。　　远恨绵绵，淑景迟迟难度^⑤。年少傅粉^⑥，依前醉眠何处。深院无人，黄昏乍拆秋千，空锁满庭花雨。

[注释]

①厌厌：谓倦怠、百无聊赖之意。

②斗草：古时的一种游戏。宗懔《荆楚岁时记》："五月五日，四民并踏百草，又有斗百草之戏，采艾以为人，悬门户上以禳毒气。"

③踏青：古时自元宵节至清明节，有相伴出城至郊野游春的风俗，又名采春。孟元老《东京梦华录》："放灯毕，都人争先出城采春……红妆按乐于宝榭层楼，白面行歌近画桥流水。举目则秋千巧笑，触处则蹴踘疏狂。选胜寻芳，花絮时坠金樽，折翠簪红，蜂蝶暗随归骑。于是相继清明节矣。"

④扃（jiōng）：关闭。

⑤淑景：美景。

⑥傅粉：三国时魏人何晏俊美肤白，面如傅粉。后世用以代

称美男子。

[点评]

　　柳永词中的女性形象丰富多彩,她们的身份绝大多数是歌伎。西方的古典文学中,妓女的形象往往都是"被污辱与被损害的",作家笔触所及,体现了对于下层女性的同情和对其命运的关注。但在中国古典文学中,却有许多光彩照人的妓女形象,这在宋元话本小说和戏剧中表现得尤为突出,而宋词中的歌伎形象可谓导夫先路。柳永之词笔所关涉的常常是这些女性心灵深层的情感空间,体现她们的哀乐,她们不再只是单纯的、被描写的、和词人相对待的客体,而是与词人处于同一时空、置于同一社会心理环境的主体,情感的交流使得柳永笔下的歌伎显得那么鲜活而生动。这固然与柳词的创作视角及功能分不开,但不可不谓是传统女性文学的一种新创造。仅以艳靡一言而蔽之,未免有点辜负古人了。

　　此词场景在一片明媚的春光中展开,时近清明,远树含烟,柳条拂水,柳絮飘绵。"蘸""垂"二字,轻灵而不着痕迹,正与春深时分的氛围相合。如此韶光,本为斗草踏青之佳时,然而词中的这位女子,却被浓厚的倦怠之意所包围,以至于无心出游玩赏,终日闭门长坐。"抛掷""冷落",既见无聊,又见无奈。上片春光之美好与人物心理之黯淡适成对照,而结以"终日扃朱户"一语,则将前四句所描绘的轻快气氛一笔抹倒,顺势转入下片。换头点明主旨,此女子之所以"春困厌厌",正因为"远恨绵绵",所思在远道,争得不销魂。时虽佳,景虽美,而其心中但觉"迟迟难度"。游子既不顾返,浮云恐蔽白日,年少情郎,此时不知又醉眠何处了吧。一种又爱又恨、又痴情又忧虑的复杂情绪跃然纸上。日长难挨,而真到黄昏时分,愁绪与暮色交织,只怕更令人难以排遣。独对此无人深院,遥想当年秋千架下的欢娱,徒然陡增伤感。花谢如雨,飘飞还坠,流年似水,一去不回。无限的怅惘与忧伤仿佛随着时光凝固在此一片黄昏的迷蒙之中。此词上片由景至情,下片由情至景,结构十分匀称。上片的春景只是外在的环境,而结拍处的暮景则是融合了人物情感的意境了。在情感的抒发方面,情虽深挚却出之以平和,"醉眠何处"一语,与其说是"怨",不如说是"念"。世言柳词发露,好作尽头语,但此词尤其是下片,却显得非常含蓄婉转,足见大家手段。

昼夜乐

洞房记得初相遇。便只合、长相聚。何期小会幽欢,变作离情别绪。况值阑珊春色暮①。对满目、乱花狂絮。直恐好风光,尽随伊归去②。

一场寂寞凭谁诉。算前言、总轻负。早知恁地难拚③,悔不当时留住。其奈风流端正外,更别有、系人心处。一日不思量,也攒眉千度④。

[注释]

①阑珊:指衰落迟暮之状。

②伊:古时口语中的第三人称代词,相当于"他"或"她",视上下文而定。

③恁:如此,这样。地:语助词。拚(pàn):舍弃。

④攒(cuán)眉:皱眉,蹙眉。千度:千回,千次。

[点评]

　　此词主旨是典型的闺怨之作,这是中国古典文学最传统的题材之一。然而本词与"自伯之东,首如飞蓬。岂无膏沐,谁适为容"中的那种平淡而坚贞之意不同,与"少妇城南欲断肠"中的凄恻与悲慨之意也不相同。它表达的是一位市井女子的闺情,而且是"思""怨""悔"等种种情绪交织在一起的复杂感触。这类词在柳永的词作中颇为典型,也正是它们与文学史上汗牛充栋的同类题材的区别,确立了柳词的特殊地位。

　　词以追忆而起,当年初遇,两情相悦,一见倾心,这经历给词中女子留下的记忆是如此强烈,以至于终生难忘,同时这也是寂寞独处中的她所极力寻觅的一种心灵慰藉。本应长相厮守,孰料事与愿违,那次"小会幽欢"之后,竟成为永久的分离。"幽欢"之情愈浓愈美好,"离情别绪"亦愈发难以排遣。从这数句来看,很明显词中女子是市井歌伎的身份。落花有意,流水无情,佳人空怅望,荡子终未返。"况值"二字一转,将追忆转入现实,可谓映带无痕。春色阑珊,春事已暮,乱花狂絮,漫天飞舞。无限美好的春光亦随情郎而去,那些快乐的往事呢? 甜蜜的"幽欢"呢? 似水的年华呢? 恐怕也都随之而去,渺不可寻了吧。春归人去,寂寞难言,亦无人可言。当初的山盟海誓、种种缠绵情意、"前言"旧事,皆随那负心之人归于空幻。并不是不想狠下心肠,割断这一片恼人的情丝,可是既不能割舍,亦复不忍割舍。早知如此,当初就应该不顾一切将他留住,以免如今无穷的悔意。词笔倒折,加倍层叠地展现了此女子的深情厚谊。而此情意究从何起呢,不仅是由于其人之品貌端正、风流偶傥,更是由于其"别有"的"系人心处",其实也就是一种不可言传的魅力吧,或为温柔体贴,或为善解人意,总归是牵系人心、使她无法忘怀之处。种种转折,逼出这正话反说的结句,因"思量"而愁眉深锁、"攒眉千度",此为正话。"一日不思量",尚且"攒眉千度",是为反说,则日日思量之时又是如何,便不言而喻了。语曲而情深,似俗而实雅,这正是柳永词的一大特色。

定风波

　　自春来、惨绿愁红,芳心是事可可①。日上花梢,莺穿柳带,犹压香衾卧。暖酥消,腻云亸②。终日厌厌倦梳裹③。无那④。恨薄情一去,音书无个⑤。　　早知恁么⑥。悔当初、不把雕鞍锁。向

鸡窗、只与蛮笺象管⑦,拘束教吟课。镇相随,莫抛

躲⑧。彩线慵拈伴伊坐。和我。免使年少,光阴虚

过。

[注释]

①是事:甚事,何事。可可:恰恰。此句为反问语气,犹言"无
一事可人心意",即事事皆平淡乏味。

②暖酥:此指女子暖润如玉的身体。消:消减,消瘦。腻云:
指头发。亸(duǒ):下垂。

③梳裹:梳洗打扮。

④无那:即无奈。

⑤无个:一点也没有。

⑥恁么:如此,这样。

⑦鸡窗:据《艺文类聚》卷九一引《幽明录》载,晋代时有人买
得一长鸣鸡,养在窗前,能作人语,与主人谈诗论艺,终日不
辍。后遂以鸡窗指书窗、书斋。如唐罗隐《题袁溪张逸人所
居》诗云:"鸡窗夜静开书卷。"蛮笺:指纸。唐代时高丽、四
川等边远地方时常进贡上等好纸,故以"蛮笺"称之。象管:
指毛笔。

⑧镇:犹言"整日"。抛躲:此处指分离,离别。

[点评]

　　此词的主旨仍然是传统的闺怨题材,但艺术趣味和以
往的同类之作却并不相同。词为代言体,起句先由时令说
起,春光明媚,百花盛开,本是一片红绿缤纷之景,然而在

愁人眼中,绿为惨绿,红为愁红,用"惨""愁"二字来形容柳绿桃红,此前还无人用过,然而又确实显得刻画精当,不可移易,后来李清照《如梦令》词中的"绿肥红瘦"适堪媲美。绿叶红花本无知无识,但在情感的投射下可使其尽化为触目伤心之色。这也就是王国维所说的"有我之境"。一颗芳心,无处安置,但觉无一事可人心意。以至于窗外虽是红日高照,花柳韶美,却无心观赏,只管懒洋洋地躺在香衾绣被之上。相思之苦,已令其暖润肌肤,消减瘦损,如云乌发,蓬散乱垂。连起床都不愿意,哪里还有心思梳妆打扮呢?整日倦怠,百无聊赖。所有这些举动、心绪全是因为那薄情人一去之后,音信全无,不知何时才能重返,怎不叫人徒唤奈何。下片是此女子心曲的直接流露。早知如此,悔不当初,为何就没有牵绊住远行人的雕鞍,让他永远地留在自己身旁呢?如果真是那样,定当终日相伴,永不分离,他在书窗前铺纸提笔,吟诗诵文,而自己则手拈针线,为他缝衣补袜,陪他说话。在她看来,这种平平淡淡的生活却是那么的甜美温馨。那就决不会像如今这样,在愁苦之中虚耗了美好的青春年华。

关于此词还有一则颇为戏剧化的故事,宋代张舜民的《画墁录》中记载,柳永曾因作《醉蓬莱》词而得罪了宋仁宗,故一直得不到提升,于是他只好去求见当时的宰相、同时也是词人的晏殊。晏殊故意问他是否作曲子(即填词),柳永却回答道:"只如相公亦作曲子。"晏殊也写词,为何却能做宰相,自己却因填词而沉沦下僚,恐怕当时柳永是有些不服气吧。晏殊当即道:"殊虽作曲子,不曾道'彩线慵拈伴伊坐'。"柳永遂只得告退。这说明在当时上层的文人士大夫眼中,柳永的这一类词是难登大雅之堂的,是典型的俗词。但实际上,它们正是反映了市民阶层的理想,唐宋以来,随着都市经济的发达,出现了一个新兴的市民阶层,他们的人生追求、道德理想与上层文人都不甚相同。他们由于社会地位的低下,不可能进入官僚体制和政治层面,故此转而追求现世的幸福。功名仕途,经邦济国,对他们来说,都太遥远,青春年少,才子佳人,男欢女爱,才是现实的,也是最宝贵的。此种理想与愿望在晏殊这样的上层文人看来,自然显得俗不可耐。而从时代发展来看,柳永的这类未能免俗的词篇中却有着一些不俗的思想底蕴。浓艳的词笔,口语化的字句,真挚而发露的情思,将人物的心理活动描写得活灵活现,跃然纸上,这也正是柳词"以俗为美"的特征所在。

少年游

一生赢得是凄凉①。追前事②、暗心伤。好天良夜,深屏香被,争忍便相忘。　王孙动是经年去③,贪迷恋、有何长④。万种千般,把伊情分,颠倒尽猜量⑤。

[注释]

①赢得:落得。

②追：追忆。

③王孙：本是对贵族子弟的通称。此处指远行的游子。动：动辄。经年：整年或年复一年。

④有何长：犹言有何益处。

⑤颠倒：反复。猜量：揣测。

[点评]

这首词以一位歌伎的口吻，描写了她的痛苦与痴情。首句"一生赢得是凄凉"，颇为沉重。唐宋时代，虽然歌伎凭其技艺可以赢得人们的喜爱甚至尊重，但毕竟歌伎的身份还是属于另类之人，社会地位不可能很高，有时还不得不强颜欢笑，周旋应酬于各种场合之中。就其本意来说，可能大都想要早日从良，觅一有情人过正常的生活。但这种命运又是难以期待的，更多的人所得到的只能是"一生"的"凄凉"。这句词在本词中或许只不过是这位歌伎自己的自怨自艾之词，却在一定程度上揭示了当时歌伎们的普遍命运，故此很有感染力量。之后追忆往事，黯然神伤。往事为何？即是下面的"好天良夜，深屏香被"，是指当年与情人度过的一个个幸福的良宵。如此往事，怎忍相忘，亦不能相忘。而往日两情欢聚之乐，与今日独处深闺之苦适成对照，苦乐相形，而愈见其乐亦愈见其苦，故不能不感慨系之，复又泪落魂伤了。上片写其痛苦，而此痛苦来源于对情人即所谓"王孙"的痴情，故下片侧重写她的痴。情人动辄是一去经年，杳无音信，或许早已将她遗忘。她自己也不是不知道这种思念的无望，故而说"贪迷恋、有何长"，只会使自己陷入更深的痛苦中。但在理智与情感的交战中，向来便是情感占上风，所以即使知道这种思念不会有什么结果,她还是"万种千般,把伊情分,颠倒尽猜量",仍然沉溺在对情人的怀念之中,而且还要把他的"情分",翻来覆去地揣测猜量,为对方的一去不归寻找自己能够想象得出和可以接受的理由,或许在绝望中仍要猜量出一点侥幸吧。这种爱怨交织之感令人不能不生出对她的同情之心。此词只写"苦""痴"二字,看似平淡而内蕴丰厚,特别是对女子心理的把握尤其准确而生动,感人至深。

诉衷情

　　一声画角日西曛^①。催促掩朱门。不堪更倚危阑^②,肠断已销魂。　　年渐晚,雁空频。问无因。思心欲碎,愁泪难收,又是黄昏。

[注释]

①画角:古时的一种军乐器。外有彩绘,故名画角。其声悲凉高亢,军队中用以做昏晓之号。这里不过是泛指日暮时分的号角。曛:指黄昏。
②危阑:高栏。

[点评]

　　此词将女子之思愁与黄昏、秋色打成一片,着意刻画了她内心的黯淡情绪。首句展现的便是一个黄昏时分的典型景象,画角悲吟,斜日西坠,暮色渐起,当此薄暮之时,本就最容易令人产生莫名的愁绪,更何况又处于离情别绪的煎熬之中。这位女子恍如被画角声惊醒,突然意识到已是黄昏了,可见她实是整天都在楼头凝神眺望,总盼望着远行的游子早日归来,然而正如温庭筠词中所说的"过尽千帆皆不是",就是不见念兹在兹的那个身影。无奈中只能静掩朱门,独归小阁了。日日盼望,日日失望,哪里还有勇气再去倚阑守候呢?这般情怀,怎不令人柔肠寸断、黯然魂销? 自从江淹在《别赋》中说出"黯然销魂者,惟别而已矣"的名句之后,这便成为描写离别之最典型的修饰语了,效颦者既多,往往俗滥不堪,不过在此词中,经过前面数句的转折铺垫之后,便显得非常自然了。下片由一日之黄昏过渡至一年之秋晚,此一"年"字,即实指时节,也暗指逝水之年华,日已暮,秋已晚,斯人独憔悴,她想要托南北频飞的大雁传音递信,然而雁有情,人无情,不但无片言只字回返,就连游子游至何处,亦杳无消息,直令她欲问无因。一颗思心,牵之萦之,两行清泪,为伊暗淌。结句"又是黄昏"之"又是"二字,尤其沉重,此日之黄昏如彼,则日日之黄昏亦在同样的怅惘与思念中度过。全词以凝重的笔调勾勒了一幅佳人秋暮倚楼图,氛围的渲染和人物心理的描摹都恰到好处,用语也注重典雅适度,体现了柳永词风中接近传统的一面。

临江仙

梦觉小庭院,冷风渐渐①,疏雨潇潇。绮窗外,秋声败叶狂飘。心摇。奈寒漏永,孤帏悄②,泪烛空烧。无端处③,是绣衾鸳枕,闲过清宵。　　萧条。牵情系恨,争向年少偏饶④。觉新来、憔悴旧日风标⑤。魂销。念欢娱事,烟波阻、后约方遥。还经岁⑥,问怎生禁得⑦,如许无聊⑧。

[注释]

①渐渐(xī):象声词,形容风声。

②帏(wéi):帷帐。

③无端:无奈。

④争向:唐宋时俗语,犹言怎奈,奈何。争:即怎。向为语助词,起加强语气的作用。饶:此指多、丰富。

⑤新来:犹言最近。风标:指风度、风范。

⑥经岁:即经年,指整一年或多年。

⑦怎生:怎么。生为语助词,无实际含义。禁得:经受得住。

⑧如许:如此。

[点评]

此词调名《临江仙》,但实为《临江仙慢》,柳词中首见,入仙吕调(夷则羽)。《彊村丛书》本《乐章集》刻作《临江仙》,《词谱》卷二三据《花草粹编》校定作《临江仙慢》,《词律》卷八则将此调附于令词《临江仙》之后作又一体。

这首词中的主人公是一位在秋声秋雨中因思念而百无聊赖的女子,词的场景定位于夜深人静的中宵。上片叙事,描写这位女子从梦中惊醒,窗外的风声、雨声、败叶随风飞舞之声合成一片秋声,正是这秋声将其从甜美之酣梦中催醒,令人心魂俱摇。长夜漫漫,独宿孤帏,只见烛泪无言淌落,"泪烛"这一词汇,很自然让人联想起李商隐那千古传诵的名句:"春蚕到死丝方尽,蜡炬成灰泪始干。"李诗中那种虽然绝望然而炽热的爱,在此词中表现得貌似平静却同样炽热。过片处直接点明她的心理:最令人无奈的是,只有绣衾鸳枕为伴,在百无聊赖中度过漫长的清宵。整个上片实际上是写她从梦中醒来之后,便再也无法成眠的状况。词人虽没有说出她美梦的内容,但或许就是一个与情人相聚的绮梦吧。梦中的温馨被现实的风雨无情打断,醒来后残酷的现实更令她怀念梦中的欢会,欲待再入佳梦,怎奈好梦难成。

词的下片则纯粹是这位女子情感的迸发。"萧条"二字,既是外在环境的氛围,也同样是她的心理氛围,两个字,便为整首词定下了基调。她不禁发出了无奈的慨叹,年少之人本就多愁善感,却偏偏为何会有这么多的情感上的牵系袭上心头?自觉旧日美好的风度正在逐渐减退、憔悴,年光似水,容颜亦复似水,皆是一去不复返之物,转念及此,真是教人黯然魂销。而这一切全都是因为:当年那个给自己带来无数欢娱的年少情郎,正在天涯飘荡。千里烟波,阻隔了往来的音信,更阻隔了当年殷勤订下的旧约。下一次的相聚,不知更在何时。经岁迁延,又是秋深,一年一年皆在失望中度过,试问如何消受得起这无穷无尽的相思、这挥之不去的无聊情绪? 全词亦在这种情感的倾诉中结束。

柳永词常常不惜篇幅地对所要表达的事物或思绪加以大力渲染,浓墨重彩地进行刻画。这首词在柳词中虽然算不上是非常著名的作品,却是一个很不错的例子。上片所叙之事与下片所抒之情,实际上都并不复杂,三言两语即可说完,但柳永却描摹再三。"冷风"二句与"绮窗"二句意复;"寒漏"以下与"绣衾"二句亦差别不大。上片如果裁剪为"梦觉小庭院,秋声败叶狂飘。孤帏悄,闲过清宵"四句,似乎意思上并没有损失太多。下片也是类似的情况。柳永之所以乐于采用这种描写手法,一方面和他发展慢词的思路有关,由短小的令词过渡至慢词长调,篇幅的增加必然带来描写性句子的增多,即"赋"的笔法。另一方面,这种浓墨重彩的渲染方式恐怕更容易得到市井民间的歌者和听众的接受。柳永后来的很多慢词的确能够做到不易增减、不可移易,就和此词中还略显稚嫩的手法有所区别了。

祭天神

忆绣衾相向轻轻语。屏山掩①、红蜡长明,金兽盛熏兰炷②。何期到此③,酒态花情顿孤负。柔肠断、还是黄昏,那更满庭风雨。　　听空阶和漏④,碎声斗滴愁眉聚。算伊还共谁人,争知此冤苦⑤。念千里烟波,迢迢前约,旧欢慵省,一向无心绪⑥。

[注释]

①屏山:即屏风。

②金兽:指铜制兽形香炉。兰炷:指香炉中所燃之香料。

③何期:怎能想到。

④漏:此指漏壶滴水之声。漏壶是古代的一种计时器。

⑤争:怎。

⑥一向:同"一晌",此处指多时。

[点评]

　　《祭天神》之调亦首见于《乐章集》,本词八十六字,上片七句四仄韵,下片七句三仄韵,入歇指调(林钟商)。柳永另有"叹笑歌筵席轻抛掷"一首,八十四字,上片六句四仄韵,下片九句四仄韵,入中吕调(夹钟羽)。二者截然不同,宫调亦别。从调名来看,或许取自民间祭祀之曲。但填者不多,故清代的邹祗谟对这首词还读不断,认为它"不分换头"(见其《远志斋词衷》,后丁绍仪《听秋声馆词话》卷一四中已有所订正)。

　　本词中的主角也是一位因相思而愁苦的女子。上片分为两层,一为记忆中与情郎相聚时分的欢乐,一为如今分别后的凄苦。首句"忆"字领起以下三句,皆为追忆的内容,当年同倚绣衾，灯下相看，轻声低语，互诉着款款情衷。曲曲之屏山，长明之红烛，青烟袅袅之香炉，既是当时之实景，又通过这些带有暖色调的典型闺中物件，营造了一个温馨香艳的氛围，来烘托当年二人美满的心境。"何期"二字一转，由当日之和美陡转入今日之凄凉，对比极其鲜明。而"何期"之语气，更是体现出一种莫可名状、无可奈何的情绪。当年酒边花下之种种情事，无限温柔，皆随风而去，如今再也无心玩赏，辜负了这"酒态花情"。时近黄昏，暮色无边，更何况风雨潇潇，满庭秋色，景色的暗淡与人物心理的黯淡融为一片，这般情致，实令人柔肠寸断。下片之情感倾诉又分为三层："听空阶"二句是第一层，时间由上片之黄昏过渡至深夜，闺中独宿，辗转难眠，门外阶前的雨滴之声和着漏壶滴水之声，一声声仿佛都击打在愁人的眉间、心上。这一层是上片到下片的自然衔接与过渡。"算伊"二句是第二层，情绪则由相思转到担忧与埋怨，自己在这里独自忍受着相思之苦，而情郎此刻与谁相伴呢，会不会在他乡拈花惹草？他是否知道、是否能理解自己此时的"冤苦"呢？"念千里"以下为第三层，总束全词，并继续渲染情绪。与情郎相隔千里，烟波茫茫，临别之时所许下的种种约定，现在看起来是那么渺茫、那么难以企盼。当年两人相聚的欢娱尽管甜美，可重重的愁绪，已使人无心去重忆，亦不忍重忆，还是不去想的好，可又怎能做到不想呢？于是全词在她的一声深长而浓重的叹息中结束——"一向无心绪"！纵有千言万语，都已不想说，也不必说了。这首词结构简洁，层次鲜明，抒情氛围浓厚，词风亦介于雅俗之间，在柳词中应属中上之作。

木兰花

　　心娘自小能歌舞①。举意动容皆济楚②。解教天上念奴羞③，不怕掌中飞燕妒④。　　玲珑绣扇花藏语⑤。宛转香茵云衬步⑥。王孙若拟赠千金，只在画楼东畔住。

[注释]

①心娘：歌伎名。

②济楚：又作"齐楚"，干净整齐之意。

③解教：犹言"可使"。念奴：唐代天宝年间的著名歌伎，以善歌为当时所重。见元稹《连昌宫词》自注。因其经常为唐玄宗表演，故云"天上念奴"。

④掌中飞燕：指汉成帝皇后赵飞燕，据说她身轻如燕，能作掌上舞。

⑤花藏语：谓其歌声从如花般绣扇后传出。

⑥香茵：指地毯之类。云衬步：形容舞步轻妙，如云中漫步。

[点评]

　　柳永写有四首《木兰花》，每首分咏一位当时的著名歌伎，她们有的以歌见长，有的以舞擅誉，而此词中的"心娘"看来是歌舞兼善的。起笔总写，谓其少小学艺，即能歌善舞。

"举意动容"犹言举止、容态,皆着意修饰,整齐姣好。以下即分写其歌喉舞艺,念奴含羞,飞燕生妒,词人以这种稍带夸张的语调高度赞誉了她的才华。下片换头不换意,紧承上片继续描写,玲珑绣扇之后,传出娇媚婉转的歌声,不需见面,已是令人魂销;香茵地褥之上,回旋着她轻妙的舞姿,恍如云中漫步的天上仙子。如此佳人,足令王孙公子一掷千金,然而去何处寻觅呢,"只在画楼东畔住",词亦在这绮丽的遐想中结束。可以想见,以柳永词受欢迎的程度,作此一篇,会给这位"心娘"带来多大的声誉。从某种意义上来说,这类词都是当时的"软性广告"吧。

木兰花

虫娘举措皆温润①。每到婆娑偏恃俊②。香檀敲缓玉纤迟③,画鼓声催莲步紧④。　　贪为顾盼夸风韵。往往曲终情未尽。坐中年少暗销魂,争问青鸾家远近⑤。

[注释]

①虫娘:歌伎名。举措:犹言举止。

②婆娑:指舞姿轻妙。偏恃俊:这里有加意卖弄、加意表现的意思。

③香檀：指檀木所制的拍板。玉纤：指美人之手。

④莲步：指美人的舞步。紧：快速。

⑤青鸾：本指古代神话中可传信通好的神鸟。如李商隐《无题》诗中"蓬山此去无多路，青鸟殷勤为探看"，即用此意。后遂指可传信通好之人，如侍女等。

[点评]

　　词中的这位"虫娘"，又叫"虫虫"，在柳永笔下曾多次出现，如《征部乐》云："虫虫心下，把人看待，长是初相识。"《集贤宾》云："就中堪人属意，最是虫虫。"可见是一位与柳永交往颇多的歌伎。虫娘以擅舞见长，词亦专赞其舞姿。起笔谓其举止温润娴雅，而每至舞姿精妙之处，更是加意卖弄其俊美之身影。以下二句，一写其纤纤素手，缓敲檀板；一写其凌波微步，急随画鼓。身姿风韵妩媚，眉间顾盼含情，乐曲已终，柔情未尽。遂使坐中年少皆为之魂销，争问其家何处，直欲随之而去矣。从侧面写出了虫娘舞艺的才华及其吸引力。此词结句在如今的读者看来，未免有些不雅，但在当时民间艺人的生活环境中，这便是很高的赞誉了。

柳腰轻

　　英英妙舞腰肢软①。章台柳、昭阳燕②。锦衣冠盖，绮堂筵会③，是处千金争选④。顾香砌、丝管初调⑤,倚轻风、佩环微颤。　　乍入霓裳促遍⑥。逞盈盈、渐催檀板⑦。慢垂霞袖,急趋莲步⑧,进退奇容千变。算何止、倾国倾城⑨,暂回眸、万人肠断。

[注释]

①英英:歌伎名。

②章台柳:孟棨《本事诗》记载了唐代诗人韩翃与妓女柳氏的爱情故事。韩翃曾寄诗给柳氏云:"章台柳,章台柳,往日青青今在否。纵使长条似旧垂,亦应攀折他人手。"章台,本为汉代长安街名。后世常以"章台柳"比拟青楼女子。昭阳燕:汉成帝皇后赵飞燕腰肢纤细,柔若无骨,且身轻如燕,据说能作掌上舞(参见伶玄《赵飞燕外传》及秦醇《赵飞燕别传》中所载)。这两句都是形容英英的身态婀娜美好。

③锦衣冠盖:指衣着光鲜的公子王孙们。绮堂:装饰精美的厅堂。

④是处:到处,处处。

⑤顾:回望。砌:台阶。丝管:指各类乐器。调:此指演奏。

⑥霓裳:指唐代著名乐舞《霓裳羽衣曲》。此曲在宋代实已失传,这里是借指。促:促拍。一般指乐曲将终时的急拍。遍:乐曲一章为一遍。《新唐书》卷二二《礼乐志》载:"河西节度使杨敬忠献《霓裳羽衣曲》十二遍,凡曲终必遽,惟《霓裳羽衣曲》将毕,引声益缓。"

⑦檀板:檀木所制拍板。拍板是音乐表演时击打以应节拍之具。

⑧霞袖:指彩袖。莲步:指美人之步。

⑨倾国倾城:《汉书》卷九十七《外戚传》载李延年歌曰:"北方有佳人,绝世而独立,一顾倾人城,再顾倾人国。宁不知倾城与倾国,佳人难再得。"后世遂成为形容美人的典故。

[点评]

　　此词中"英英"当是其时一位以舞蹈擅誉的歌伎。全词皆围绕其舞技来写。但凡舞者,全在腰处得力,故词也就从其腰肢之美写起。腰肢柔软,弱如细柳,轻如飞燕。用赵飞燕的典故正切合其技艺。身段婀娜,姿态姣好,于华堂盛宴之中,盈盈独立,吸引了无数的公子王孙,一掷千金,但求一睹其芳容,一观其"妙舞"。至此尚皆属虚处盘旋,以下便入正题,描写其舞艺。阶下弦管齐作,音声初起,堂前佳人微动,闲倚轻风。轻风如何能"倚"?实则正是用字之妙,其轻盈飘忽的舞姿,唯有"轻风"二字方能形容,而"佩环"不过"微颤",则舞步之轻柔和缓可想而知。以上都是摹其轻歌曼舞之状,换头直承,乐曲渐终,檀板催拍,而其舞步亦由缓转急,然身姿之盈盈依旧,丝毫不显急促。彩袖轻垂,莲步急趋,快慢交错,或进或退,"奇容千变",可见舞姿的变化多端,莫可名状。瞠之在前,忽焉在后,直令人目不暇接,然而一板一眼、一姿一态又交代得极为清楚,毫不含糊。仿佛纵笔狂草,实有章法可循。舞艺如斯,可谓已是极致。作者却又在结处翻出一层新意,舞姿佳妙,毕竟有迹可循,神韵天成,实乃无迹可求。而此神韵,正在佳人之眼。看来这位歌伎不只是容貌的倾国倾城,其眼波中流动的光彩,更是令人心动神摇。美人回眸,向来是极美的,"回眸一笑百媚生",

是眼中含笑，"怎当他临去秋波那一转"，是眼中含愁。而词中的"英英"只是"暂回眸"，不须笑靥，亦不须愁怨，然而已是万人为之魂销肠断，若真是"回眸一笑"，若真是缠绵幽怨，结果如何，恐怕不堪设想吧。词人正是用这种反差极大的对照构筑了一个丰富的想象空间。唐宋词中直接描写歌舞技艺的作品并不是很多，此词，尤其是下片，精美生动，是其中不可多得的佳作。

凤栖梧

帘下清歌帘外宴。虽爱新声①，不见如花面。牙板数敲珠一串②，梁尘暗落瑠璃琖③。　　桐树花深孤凤怨④。渐遏遥天，不放行云散⑤。坐上少年听不惯⑥。玉山未倒肠先断⑦。

[注释]

①新声：指新制之曲。

②牙板：指象牙所制的拍板。珠一串：形容歌声清丽如贯珠。

③梁尘暗落：汉刘向《别录》云："鲁人虞公发声，清晨歌动梁尘。"后遂以此典形容歌声之高亢响亮。瑠璃琖：即琉璃盏，此代指酒杯。

④"桐树"句：以凤鸣形容其歌声。梧桐乃凤凰所栖，故云。

⑤"渐遏"句：用响遏行云的典故。

⑥听不惯：此指不忍听。

⑦玉山未倒：《世说新语》中谓嵇康"其醉也，伟俄若玉山之将崩"，后世遂以玉山倒形容酒醉。

[点评]

这首词咏一歌伎精美的歌喉，但角度与柳永为数不少的同类之作略有不同，它咏的是隔帘听歌，虽只写歌声而人之神韵自见。首句点明场景：帘下，犹言帘内也，帘内清歌婉转，曲皆新声；帘外则盛筵连席，宾主都屏息静神，却不得一见帘内之如花美眷。但闻帘内牙板轻敲，传出清丽的歌声，气脉不断，音如贯珠，绕梁不绝，故"梁尘暗落"，而听者神为之移，故浑然不觉。这两句一正写，一侧写，淋漓尽致，似乎已无以复加。然而下片却能再翻一层，《诗经·大雅·卷阿》中说："凤皇鸣矣，于彼高冈。梧桐生矣，于彼朝阳。"凤凰齐鸣于高冈，自是高亢之声，这里却说"孤凤"，孤凤求凰，乃作怨鸣，自是掩咽婉转，故用以比拟歌声之低回凄抑。而一"渐"字，可见声已渐转，愈转愈清亮，直至声振林木、响遏行云。这里也暗用了"云雨"的典故，以和"孤凤怨"相应。结句浓墨重彩地渲染其歌声之感染力——直令座中少年不忍卒听，酒未醉人，人已自醉，玉山未倒，肠已先断。这首词全自歌声见出其人之神态，运用一连串的比拟状其歌喉，颇有目不暇接之感。词意亦恍如她的歌声一般，愈转愈高，愈转愈奇。

浪淘沙令

有个人人①。飞燕精神②。急锵环佩上华裀③。促拍尽随红袖举④,风柳腰身。　　籁籁轻裙。妙尽尖新⑤。曲终独立敛香尘。应是西施娇困也,眉黛双颦⑥。

[注释]

①人人:宋代俗语,此处为表单数的特指代词,犹言人儿、那人,多用以指亲近昵爱者。

②飞燕:指汉成帝皇后赵飞燕,据说她身轻如燕,能作掌上舞。

③急锵环佩:指女子身上的首饰,因其舞蹈动作而互相碰撞,发出清亮的声音。华裀:此指精美的地毯。

④促拍:即催拍,又称簇拍。指乐曲节奏加快,促节繁声之意。或引《珊瑚钩诗话》"乐部中有促拍劝酒"之语,以为指佐酒之乐,非是。

⑤尖新:形容舞姿之尖巧新颖。

⑥"应是"二句:《庄子·天运》篇中说西施曾因病心而颦眉,而同里之丑人以之为美,也颦眉捧心而归。这是著名的《东施效颦》故事的来源。黛:青黑色,古代妇女以青黑色的黛石画眉,故用以指女子之眉。颦(píng)眉,即皱眉,蹙眉。

这首词写的是一位舞伎。起笔即点明其身份,以汉代最善舞的赵飞燕拟之。"人人"一语,不仅是亲昵的口吻,同时也让人觉得她的娇小玲珑之态。随后直至篇末皆描摹其舞技,初上华裀,环佩叮咚,节奏明快,先声夺人。舞步回旋,急管繁弦声中,但见红袖轻举,如掌上彩云;纤腰款摆,似风中杨柳。换头直承,不闻人声,但闻衣裙簌簌,舞姿尖巧新颖,极尽能事,动人心魄,令人如醉如痴。一曲终了,香尘尽敛,独立中堂,四座无声。恍如西施娇困,美目似开还闭,黛眉微蹙含情。词亦戛然而止,用笔含蓄,余味无穷。此词最明显的特征是动静结合的描写手法。自"急锵环佩"句以下,都是动感极其鲜明的场景,词意亦如急管繁弦,一气贯注;而"曲终"句以下,则以一极具雕塑感的静景结束全词,时光仿佛在这一刻凝住,一切都凝结于这一纯美的境界之中。用动如脱兔,静如处子的老话来形容她的精妙舞技可谓是再恰切不过了。

迷仙引

才过笄年①,初绾云鬟②,便学歌舞。席上尊前,王孙随分相许③。算等闲④、酬一笑,便千金慵觑⑤。常只恐、容易蕣华偷换⑥,光阴虚度。　　已受君恩顾。好与花为主。万里丹霄,何妨携手同归去。永弃却、烟花伴侣⑦。免教人见妾,朝云暮雨⑧。

[注释]

①笄(jī)年:十五岁。笄,簪子。古时女子十五岁举行戴簪的成年礼。

②云鬟:谓高耸如云的发髻。古时女子成年后,发式由原来的下垂状改为绾结耸起。

③随分:照例。

④等闲:随便。

⑤慵觑:懒得看。

⑥容易:轻易。蕣华:即木槿,因其朝生暮落,被用以借指美好而易逝的年华或容颜。《诗经·郑风·有女同车》云:"有女同车,颜如蕣华。"

⑦烟花伴侣:青楼中的同伴们,这里借指青楼生涯。

⑧朝云暮雨:用宋玉《高唐赋》中,楚王与巫山神女梦中相会的典故。但这里同样也是借指身不由己的青楼生涯。

[点评]

这首词是一位年少歌伎向其情郎的真心倾诉,哀婉动人。全词皆以此小歌女的口吻来写,起笔三句,即自叙其少小学艺。这大概不出两种情况,一是父母因家境贫寒或遭受天灾人祸,不得不将其卖入勾栏瓦肆,艺成之后,便成为歌伎。还有一种情况是她可能本就出生于乐籍之家。宋代将专门从事歌舞杂剧表演的艺人另编成户籍,以使世传其艺,轻易不许改变身份。因此这位歌女刚刚成年,便必须学歌习舞,开始烟花生涯。柳永写女性,总是不吝惜笔墨对她们的容颜与美貌大加称赏的,然而在这首词中,对此歌女的外貌始终没有进行正面描写。然而从"席上"以下四句可以看出,她必定是一位容貌美艳、才艺出众的佳人,以至于公子王孙们趋之若鹜,争着为她一掷千金。然而对她来说,这些繁华热闹都只如过眼云烟,一笑置之,即便面前摆着千金重宝,也懒得多瞧一眼。这一方面体现了她对于风尘生活的厌倦,另一方面也说明了她内心企盼的是真实的感情而非外在的荣华富贵。词笔和缓而其人之品格自见。然而对她来说,最令人烦忧的是仍然没有找到可以终身厮守的情郎,没有得到一份永不褪色的真情。流年似水,一去不回,要知道在时间的淘洗之下,再美的容颜也终有枯萎凋谢的一天啊。上片即在这无限的怅惘中结束。下片笔锋一转,"已受君恩顾",看来这位歌女已有意中情郎了,遂再也忍不住发出了真心的呼唤,"好与花为主",愿以终身相托。"万里"二句,更是明显地希望他能拔救自己于风尘之中,携手同归,从此后便再也不用辗转于烟花岁月,再也不会身不由己地过那痛苦的生活了,这心愿是那么的真诚与善良,态度更是那么的决绝而不悔。词亦在她这种情感的迸发中戛然而止。通观全词,上片自叙,下片抒情,话语平淡而真切感人,词完意足而余味深长。因为古时的风尘女子,恐怕没有一个是愿意终身沦落于此的,她们最大的心愿往往是觅一有情有义的男子,托以终身。只要看看《杜十娘怒沉百宝箱》等话本小说,便可以明白她们的真实想法了。然而"易求无价宝,难得有情郎",真能实现自己愿望的可谓少之又少,《琵琶行》中的琵琶女嫁给茶商,只落得独守空船。杜十娘亦因李甲的负心薄幸而绝望地赴水而死。而此词中小歌女最终的命运如何呢？词中并没有去写其情郎的答辞,宋代歌伎从良并不是一件很容易的事,貌美才高者尤其不易,对男子来说,既有经济压力,更有社会风气的压力。同时,痴情女子负心汉的例子实在是太多了,词中的歌女即使能顺利脱籍,难道就一定能得到他一生不变的爱情吗？大概也是不可知的吧。词人留下了种种联想,再回头去看看词中歌女含着无限憧憬的恳求、誓愿和呼唤,使人对这位善良美丽却又纤弱无助的小歌女,不能不心中牵萦,满怀同情之意。这是此词的余味所在,也是作者笔下人性的光辉。

浪子心曲

衣带渐宽终不悔

玉女摇仙佩

佳人

飞琼伴侣①,偶别珠宫②,未返神仙行缀③。取次梳妆④,寻常言语,有得几多姝丽。拟把名花比。恐旁人笑我,谈何容易。细思算、奇葩艳卉⑤,惟是深红浅白而已。争如这多情⑥,占得人间,千娇百媚。　　须信画堂绣阁,皓月清风,忍把光阴轻弃。自古及今、佳人才子,少得当年双美⑦。且恁相偎依。未消得⑧、怜我多才多艺。愿奶奶、兰心蕙性⑨,枕前言下,表余深意。为盟誓。今生断不孤鸳被⑩。

[注释]

①飞琼:指仙女许飞琼,据说是神话中西王母的侍女。

②珠宫:指仙女所居之宫。

③行缀:行列。

④取次:犹言随便,草草。

⑤奇葩:奇花。

⑥争如:怎如。

⑦当(dàng)年:指年纪相称。

⑧未消得:犹言抵不得,比不上。

⑨奶奶:宋代俗语,对妇人的尊称。兰心蕙性:兰、蕙皆为香草,用以形容其心性之聪慧温柔。

⑩孤:同辜负,负恩。

[点评]

　　这首词可谓是一首代表了市民阶层人生理想的恋歌。全词以一男子的口吻向一位歌伎发出真心相爱的倾诉,有人认为这就代表了柳永自己生活经历的一个侧面,不过我们宁愿把它视作代言体,因为这些词都是写出来让歌伎们去演唱的,其中固然不乏词人之生活和情感体验的影子,但更主要是反映了一个阶层的心态和理想,这是读柳永的这一类作品所应该注意的。

　　上片是对这位女子的热烈赞歌。唐代以来,文人们就常常以女仙来比拟歌伎,这首词起笔三句亦是如此,谓其本与许飞琼一样,同为珠宫仙女,偶别仙界,来到人寰,便"未返神仙行缀",这很容易让我们想起七仙女下凡这个动人的古老故事,同时无形中也提升了这位女子的身份标格,让人不由自主地须与词中的男子一样仰视她了。她只需草草梳妆,已是神韵天成,明艳不可方物;只需寻常言语,已是动人心魄,从此梦系魂牵。她的美迥出流俗,无人能比。那只好以国色天香的名花来相比吧,可又怕别人笑我唐突佳人,因为不论是牡丹还是芍药,要想与她相比,又谈何容易!细细想来,那些争奇斗艳的奇花异草,只不过是靠着点"深红浅白"自相夸耀而已,怎及得这多情的人儿,直是占断了人间的千娇百媚！自"拟把名花比"以下，大段铺叙，然而词意于透彻之中又仍有婉转。清代沈谦在《填词杂说》中云："'云想衣裳花想容'，此是太白佳境。柳屯田'拟把名花比，恐旁人笑我，谈何容易'，大畏唐突，尤见温存，又可悟翻旧为新之法。"李白在《清平调》中以牡丹比杨贵妃，而此词却透过一层，以花拟人，尚畏唐突，则人之美艳，已超出想象之外了。

下片是对这位女子的感情倾诉。画堂绣阁，清风明月，这般良辰美景，怎忍轻弃？这是与佳人同赏。古往今来的才子佳人中，又有几人能像你我这样年纪相称又郎才女貌呢？这是以自身条件打动对方。你我如此相偎相依，虽是情深，但实是抵不得你怜我才艺之情尤深也。本是要说自己如何情深，却偏偏去说你对我情深意真、慧眼识才，而我自知你这一番心意所在，则自己之心意遂不言而喻。这是用"诛心"之法来感动对方。在如此强大的攻势下，自是两情相悦，情投意合了。然而尚不止此，他还要在"枕前言下，表余深意"，就以合欢共枕之"鸳被"为誓，天长地久，永不相负。感情的炽热、对爱的专注，无不表达得淋漓尽致，令人感动。不过在有正统观念的后世词评家看来，这种词就显得很不雅观了，如清代沈雄《古今词话·词品下卷》中即认为"愿奶奶"三句是"谀媚之极，变为秽亵"，王国维在《人间词话删稿》中也说："屯田轻薄子，只能道'奶奶兰心蕙性'耳。"但在当时市井民间的人们心里，"才子佳人""当年双美"，这是人生最为幸福的境界；今生今世，永相偎依，这是他们追求的目标。柳永的词正集中地反映了这种理想，竟谓其为"轻薄子"，未免不公。而词意之透彻直露，多用俗语，本为柳词面目，倒也无可厚非。

女冠子

断云残雨。洒微凉、生轩户。动清籁①、萧萧庭树。银河浓淡,华星明灭,轻云时度。莎阶寂静无睹②。幽蛩切切秋吟苦③。疏篁一径④,流萤几点,飞来又去。　　对月临风,空恁无眠耿耿⑤,暗想旧日牵情处。绮罗丛里⑥,有人人、那回饮散,略曾谐鸳侣⑦。因循忍便睽阻⑧。相思不得长相聚。好天良夜,无端惹起⑨,千愁万绪。

[注释]

①清籁:本指清朗的响声,这里指风吹树响。

②莎阶:长满莎草的台阶。

③蛩(qióng):即蟋蟀。

④疏篁:稀疏的竹丛。

⑤耿耿:不安貌。

⑥绮罗丛里:此指歌伎丛中。

⑦人人:那人,人儿。谐鸳侣:代指男女欢合。

⑧因循:轻率,随便。睽阻:本指乖离,违背,此处即指离别。

⑨无端:无心无意,犹言莫名的。

　　这首词描写夏夜相思之情。上片纯为写景，下片全是抒情，这在唐宋词中是一种十分常见的结构，但此词章法虽简洁，却并不单调，主要是因为在景物与情感的内在层次与相互生发方面颇费经营之功。上片写的都是夏末秋初的清夜之景，但细审之，则可分为四个层次。起笔三句写夏日傍晚，微雨过后，丝丝凉意袭人。轻风拂树，声如清韵，响如天籁。这是由天气引出总束全词的一种既清爽又略有萧瑟之意的整体氛围，是作为总写的第一层，以下则通过视角的转换，分三层来细致描摹凉夜之景。"银河"三句，写在微云的映衬下，星河浓淡明灭，乃目尽遥天之所见，是远景；"莎阶"二句，写台阶间一片寂静，只传来蟋蟀的"切切秋吟"之声，这是阶前之所闻，乃近景；"疏篁"二句，写在稀疏的竹林间往来飞动的流萤，则可谓是中景了。虽然同是写景，角度却有不同，层次感亦强。下片的抒情也有类似的特征："对月"二句，写对此良夜，却空自辗转无眠，遂不由人不回想当初之种种情事，这是由现今倒折回过去；"绮罗"三句写当年二人于宴席上一见倾心而得谐鸳侣，成其好会，这是对过去的深情回忆；"因循"二句，写别离之因，也就是"当初不合轻分散"的意思，以至于"一种相思，两处闲愁"，再聚亦不知何日，这是又由过去折回了如今。最后"好天"三句，写虽有良辰美景，怎奈更莫名地惹起了"千愁万绪"，则是以这个带有浓厚感伤色彩的字眼来总束全词。这首词的意思，用一首令词也完全可以表达清楚，但柳永偏好用慢词长调来写，既然篇幅增加了，则在笔法与结构上也自须有所变化，而不能再像小令那样点到为止、一沾即走、不即不离了。柳词一方面运用赋笔,大力铺叙渲染景物与情感,一方面是在章法结构上注重层次感以及层次之间的关系,像这首词的上片即是一个在空间展开的结构,以视点的推移来确立对象的位置;而下片则是一个在时间上加以描述的结构,由今入昔,又由昔返今,以记忆与现实的跳接来确立彼此的情感定位。这种手法使得柳词的慢词长调有了更加丰富的内涵,而不至于仅仅是小令的简单放大。不过这些结构方式的运用要一直到北宋后期的周邦彦手中,才可谓是到达了一个登峰造极、几乎是无以复加的地步,和周邦彦词中章法的吞吐变幻、开合莫测相比,柳永词毕竟还显得有些稚嫩,然而筚路蓝缕,其功终不可没。

婆罗门令

　　昨宵里、恁和衣睡①。今宵里、又恁和衣睡。小饮归来,初更过、醺醺醉。中夜后、何事还惊起。霜天冷,风细细。触疏窗、闪闪灯摇曳。　　空床展转重追想②,云雨梦、任敧枕难继③。寸心万绪,咫尺千里。好景良天,彼此空有相怜意。未有相怜计④。

①恁：如此，这般。

②展转：即辗转。

③云雨梦：用宋玉《高唐赋》中巫山神女的故事，据说楚王梦见神女来荐枕席，临别之时辞云："妾在巫山之阳，高丘之阴，旦为朝云，暮为行雨，朝朝暮暮，阳台之下。"后世遂成为男女欢合的典故。这里的云雨梦即是这种意思。

④计：办法。

[点评]

　　这首词通过羁旅者中宵酒醒之情景，抒写其离愁与相思。上片写孤眠惊梦。起笔二句劈空而来，谓昨夜如此和衣而睡，而今夜又如此和衣而睡，除"昨""今"二字外，几乎逐字重复，一个"又"字，写尽了他的苦辛与孤眠况味。这两句似拙实巧，传神地表达出因生活的单调重复而腻味烦恼的情绪。感情奔泻之后，"小饮"三句倒折回入睡之前的景况，既是"小饮"，却饮至"初更"，可见愁绪难消。独自归来，醺醺醉倒，这也是承上说明了和衣而睡的原因，同时又点出了下文的追寻梦境之意。"中夜后"一句，点明梦中惊醒，以设问语气，传出惊梦人的满腔幽怨。以下几句跳开转写景物，这些景致可谓全是惊梦之因。窗外霜冷风细，窗内灯光摇曳，风"触疏窗"一句，把前面的触感与后面的视觉感受联系起来，以浑成之语，构筑成一个凄清的氛围，这也同样是词中主人公的心理氛围。下片承接写他醒后不能入睡之苦。空床独宿，辗转难眠，刚才在梦中与情人同衾共枕、欢洽好合，而醒来后再想要重温旧梦,无论他如何"追想",已不可复得了。梦中之欢娱与现实的冷酷适成对照,一晌贪欢与相见无期比起来,也越发令人神伤。"寸心"两对句,以鲜明的对比把他复杂的心理写至极处:心不盈寸,而万绪缠结,则其感情负荷之沉重难堪可知;梦中咫尺相伴,醒来悬隔千里,则梦醒后的无限惆怅可知矣。词意盘旋至此,蓄势已足,"好景"三句遂顺势而下,一气蝉联,此"好景良天",对彼此两人而言,均是虚设,只能辜负了这良宵清夜。而萦绕他们心曲的全是说不尽的相怜相爱之情、相思相望之苦,可天各一方,只能是无奈无言地体味"一种相思,两处闲愁"而已,词意由一己之相思说到了彼此之相思。结句和起句类似,都是以更换一二字的重复修辞方式来对照或类比,突出了"有意"与"无计"的矛盾,既颇有民歌风味,又耐人玩味。全词层次丰富而不觉呆滞,用语质朴而语意浑成,在柳永词中可属上乘之作。

凤栖梧

　　伫倚危楼风细细①。望极春愁,黯黯生天际②。草色烟光残照里。无言谁会凭阑意③。　　拟把疏狂图一醉④。对酒当歌⑤,强乐还无味⑥。衣带渐宽终不悔。为伊消得人憔悴⑦。

[注释]

①伫:久立。危楼:高楼。

②黯黯:忧伤的样子。

③凭阑:即凭栏。

④疏狂:散漫,狂放。图:求取。

⑤当:应当、合宜。

⑥强:勉强。

⑦消得:值得。

[点评]

　　《凤栖梧》又名《蝶恋花》。这是一首抒写离情别绪的怀人之作,漂泊异乡的落魄与怀恋情人的缠绵交织一处。上片写景,主人公自己仿佛也成为这环境中的一景。他独自久立在高楼上,四周春光和煦,暖风轻柔。极目天涯,但见芳草萋萋,烟光迷离,不可遏止的春愁亦如这刈尽又长的春草,黯然而生。《楚辞·淮南小山·招隐士》中说:"王孙游兮不归,春草生兮萋萋。"这里正是借用"春草"之喻,以表达其倦游和怀人之情。"残照"一语,既营造出一个凄美迷蒙的黄昏景象,为以下的抒情烘托气氛,同时又点明了主人公伫立之久、痴情之深。他凭栏无语,满怀春愁,无人领会,无可诉说,孤单寂寞之意蕴于句中而复溢于言表。上片伤离念远,含蓄地通过环境描写,表现了主人公凄凉、孤单、怅惘、思恋、悲愁诸多情绪层层交织的内心感受,引起下片的离思。下片笔势吞吐,换头宕开,谓本拟借酒浇愁,以求一醉,然而无论是对着欢盛的筵席,还是席上的歌乐,都只能强颜欢笑,索然无味。"对酒当歌"出自曹操《短歌行》中的"对酒当歌,人生几何"。对者,当也,二字同义。或谓此句指自己之痛饮高歌,并不很准确。酒、歌,皆是欢宴之物,痛饮香醪美酒,欣赏皓齿清歌,本是欢乐之事,而自己全无心思于此,只图一醉,故云"无味"。以上层层盘旋,蓄势已足,心理描写亦细腻充分,遂逼出最后两个缠绵执着的千古名句,衣带渐宽,则人之消瘦可知,然而终于无怨无悔者,全是"为伊"而甘愿憔悴。这两句直抒胸臆,以平常语出之,表现出主人公对伊人的执着追求和坚贞不渝的深情,历来评价极高,如清代王又华《古今词论》中说:"小词以含蓄为佳,亦有作决绝语而妙者,如韦庄'谁家年少足风流,妾拟将身嫁与,一生休。纵被无情弃,不能羞'之类是也。牛峤'须作一生拚,尽君今日欢',抑其次矣。柳耆卿'衣带渐宽终不悔,为伊消得人憔悴',亦即韦意而气加婉。"所谓"决绝语",也就是尽头语,把话说得不留余地,本来在讲究含蓄的古典诗词中是须加以避免的,但适当运用,更可以把人物的心理表达得淋漓尽致。"衣带"两句,不仅仅是展现了一种至死不渝的爱情,同时也被后人抽象成为对于那种专一执着之精神境界的表达,所以王国维在《人间词话》中将这两句作为"古今成大事业、大学问者"所必经过之三种境界中的第二境。

集贤宾

小楼深巷狂游遍,罗绮成丛①。就中堪人属

意②,最是虫虫③。有画难描雅态,无花可比芳容。几回饮散良宵永,鸳衾暖、凤枕香浓。算得人间天上,惟有两心同。　　近来云雨忽西东④。诮恼损情悰⑤。纵然偷期暗会,长是匆匆。争似和鸣偕老⑥,免教敛翠啼红⑦。眼前时、暂疏欢宴,盟言在、更莫忡忡⑧。待作真个宅院⑨,方信有初终⑩。

[注释]

①罗绮:代指身着罗绮、浓妆艳抹的歌伎。

②就中:内中,其中。属意:留意。

③虫虫:歌伎名,又名虫娘。

④云雨西东:这里用以比喻情人之间的分散。

⑤诮:浑,直,有简直或完全之意。情悰(cóng):情绪。

⑥和鸣偕老:此指结为夫妻。

⑦翠:指翠眉。红:指沾有脂粉的红泪,即女子之泪。

⑧忡忡:形容愁苦之状。

⑨宅院:此指姬妾。

⑩有初终:有始有终。

[点评]

　　这首作品可以视作是词中男子向心爱的歌伎所作的一番劝慰之词。这位"虫虫",在柳永的词里多次出现,应当是实有其人的,看来与柳永也的确有着一段因缘,此词在一定程度上或许便是柳永的自叙传,当然也可说是当时那种带有普遍性的社会现象与社会心理的展现。

上片追叙与虫虫的相爱经历。起笔即盛赞她的不同流俗，这位浪子在"小楼深巷"即平康坊曲、青楼楚馆间"狂游"殆遍，可谓赏尽名花，看足芳丛，然而其中最让他留意的却只有虫虫，这是第一层，写初见倾心。"有画"两句顺势渲染，说明自己对其倾心的原因，一句谓其风流雅态，画笔难描；一句谓其芳容秀色，名花难比。这是第二层。"几回"两句是第三层，写与虫虫定情，几次欢宴之后，遂得以共度良宵，凤枕鸳衾，温香满怀。以下二句也是渲染，写情之深、意之浓，许下了"在天愿作比翼鸟，在地愿为连理枝"的誓言。上片两层叙事夹以两层渲染，张弛有度。词句也深沉而不轻浮，体现出两人和一般狎客歌伎之间的逢场作戏不同，而是发自内心的真实爱情。下阕"近来"二字，一笔兜转，词意由昔日的美满过渡到现实的冷酷。因为种种缘故，两人无法时常见面，云雨西东，直令人情怀恼煞。从后句来看，或许就是由于他困居京都，千金散尽，故无法再会。即使偶尔"偷期暗会"，也只能来去匆匆，愁颜相对，翠眉深锁，红泪暗流。只有真正能鸾凤和鸣、白头偕老之后，这种不幸才会结束。至此两人的现状与理想都已点透，于是以下便以他的劝慰之语作结，为了避开各种压力，暂时两人须得疏远一些。但山盟海誓，犹在耳旁，更在心里，劝她宽遣心怀，莫要忧心忡忡，自己决不相负，等到前来赎身迎娶之时，她就会真正相信自己并非无情浪子，而是个有始有终之人了。这里的"宅院"，是宋元时的俗语，指侍妾，宋代吴曾《能改斋漫录》卷十七载无名氏《雨中花》词，中云："五愿奴哥收因结果，做个大宅院。"苏轼《减字木兰花》赠徐君猷宠妾胜之云："天然宅院，赛了千千并万万。"皆可证。对于歌伎而言,能成为士人的"宅院",已是得遂所愿了。这首词章法严整,格调俗中见雅。尽管他们的誓愿最终未必真能实现,但那种柔婉而决绝的语气,已足以令人感动。这种对于市民阶层特殊心态的把握,其前或其后的任何一位词人都比不上柳永体会之真切、感受之丰富,此词亦是典型的一例。

少年游

佳人巧笑值千金。当日偶情深①。几回饮散,灯残香暖,好事尽鸳衾。　　如今万水千山阻,魂杳杳、信沈沈②。孤棹烟波③,小楼风月,两处一般心④。

[注释]

①偶情:指相互投合之情。
②沈沈:即沉沉。
③棹:船桨。这里的孤棹,即指孤舟。
④一般:同样,相同。

[点评]

这首词描写一位男子对心中佳人的思忆之情。上片回忆,然而并不是从初次相见时的情景说起,却直接描绘佳人的"巧笑",可见在他记忆中印象最深刻的,便是她那倾国倾城的"巧笑",一笑岂止千金? 或许正是因为她的笑靥,才吸引了他的注意,才有了后来的种种情事吧。次句回溯至当日相聚之时,"偶",在这里并非偶然、不期而遇之意,而是相投、相合的意思。偶情深即是谓一见倾心、两情相悦,此情此意,蕴于胸中者独深,所以才会有如今无尽的思念。"几回"三句作具体描绘,酒尽人散之后,"灯残香暖"之夜,一对情人共入鸳被,成其好事。下片则转入"如今",两人"各在天一涯",千山万水,遥相阻隔。已是梦魂牵系,更何况音信全绝。此时此刻,自己在江湖漂泊,一叶孤舟泛于烟波之上;而伊人想必独处闺楼,凭栏远眺于斜阳日暮之间。虽处两地,心实相连。全词在结构上是明显的今昔对照之法,而在意境方面,上片起笔"巧笑"一句,令人顿觉阳光灿烂,以下几句转入香艳,但绝不恶俗。下片则营造出略带萧瑟的氛围,与上片对比,以见相聚之乐与相离之苦,更见出相忆之深。"孤棹"三句,两相绾合,结得稳健而巧妙,颇见功力。

燕归梁

织锦裁编写意深①。字值千金。一回披玩一愁吟②。肠成结、泪盈襟。　　幽欢已散前期远,无慭赖③、是而今。密凭归雁寄芳音。恐冷落、旧时心。

[注释]

①织锦裁编:即织锦回文,据《晋书》窦滔妻苏氏传载,前秦
秦州太守窦滔被徙流沙,其妻苏蕙思之,织锦为回文璇玑图
以赠滔,题诗二百余首,共三百四十字(一云八百余字),可
宛转循环而读。故后世常以锦字代指夫妻或情人之间的书
信。
②披玩:翻阅欣赏。
③无憀赖:即百无聊赖之意。

[点评]

　　此词描写与佳人离散之后的怅惘之情。首句用前秦窦
滔妻苏蕙织锦回文寄夫的典故,本来此典一般是专用以指夫
妻之情的,不过在此词中恐怕未必是指怀念妻子,从下片
"幽欢"等语来看,可能还是泛指意中佳人。这里的"织锦裁
编"也是泛指书信,不必实指回文诗。本词从在外漂泊的游
子角度落笔,先写收到远方佳人寄来的书信,信中自然表达
的是相思相念的深情厚谊,因此在他看来当然是一字千金,
情义无价。"一回披玩一愁吟"句十分贴切,既说明了在游
子羁旅途中,这种远方来信是他唯一的心灵安慰,故屡屡
"披玩"而不倦,同时也写出了他内心的愁思,遂不由得愁肠
百结,泪落满襟。下片"幽欢已散前期远"一句,异常沉重,
应一字一顿地来读。先以"幽欢"二字稍作追溯,这种"幽
欢"正是他念兹在兹而永难忘怀的深情往事,随即以"已散"
二字承接,顿时让人觉得欢会短暂,无限惆怅,坠入一片凄凉

境地之中。"前期"即指将来重聚之期，似乎给人带来一点希望，随即以"远"字顶接，又沉入灰暗无望之中。词意盘旋曲折，起伏动荡。"幽欢"既不可寻，"前期"又不可期，于是一切欢事和希望都已渺茫，如今的心境只能是百无聊赖、寂寞无聊。无奈之中，盼望"归雁"能替自己传音递信，时时得到佳人的消息，也让佳人时时得到自己的消息，这只能是绝望中的希望了。"恐冷落、旧时心"一句，也十分沉重，这种感觉是双向的，既担心佳人因失望而"冷落旧时心"，同时也是对自己的担心。因隔绝日久，而担心另生他念，这是热恋中人常有的感受。结句的逆转，反而更加重表达了游子的相思之深和思归之切。这种词看似平淡无奇，却非常耐得起咀嚼玩味，正是功力深湛的体现。

木兰花令

　　有个人人真攀羡①。问著洋洋回却面②。你若无意向他人，为甚梦中频相见。　　不如闻早还却愿③。免使牵人虚魂乱④。风流肠肚不坚牢，祗恐被伊牵引断⑤。

[注释]

①人人：那人。多用作对女子的昵称。攀羡：犹言令人仰慕。

②佯佯:同伴伴,假装。回却面:转过脸去。却:语助词。下
片"还却愿"中的"却",与此相同。

③闻早:趁早。

④虚:空,枉,徒然。

⑤祗恐:即只恐。

[点评]

　　这首词描写一位男子对意中人的相思之情,而且看来还
是单相思。上片写其多情,他对那位女子仰慕备至,然而换
来的却是她的避过脸去,佯装不识。这或许是她的绝情,但
在被爱情冲昏头脑的少年人心中,可能反而把这看成了女孩
子的娇羞或者欲擒故纵吧,这更使得他情难自已,甚至发出
了痴痴的自问:她如果对自己全无情意,心向他人,那为何夜
夜梦中都来与我相会呢? 既然自己夜夜好梦,那自然便是她
与我有意了。不要说这没有逻辑,因为恋爱中人本就是无逻
辑可言的。下片顺势转入对他焦急痛苦心理的描写。但见
他在那儿喃喃自语:不如趁早了此心愿吧,以免我空自魂牵
梦萦,心乱如麻,因为我这风流性情的人儿再也受不了这种
单恋的痛苦了,只怕不只是肠一日而九回,而是要被她牵扯
得寸寸断绝了。语气如痴如狂,似乎不可理喻,而实是情深
而难以自控的表现。唐宋词中描写女子对男子相思之情的
作品可谓汗牛充栋,描写男性对女子之恋情的作品也不是没
有,但像此词中,把这位男子因仰慕而神不守舍、因相思而急
不可待的心态,描写得这么真切和生动的,却不太多见。同
时这首词的情节性也很强,语言浅俗,声情毕肖,颇有谐趣。

长相思

京妓

　　画鼓喧街,兰灯满市,皎月初照严城①。清都绛阙夜景②,风传银箭,露霭金茎③。巷陌纵横。过平康款辔④,缓听歌声。凤烛荧荧⑤。那人家、未掩香屏。　　向罗绮丛中⑥,认得依稀旧日,雅态轻盈。娇波艳冶⑦,巧笑依然,有意相迎。墙头马上,漫迟留、难写深诚。又岂知、名宦拘检⑧,年来减尽风情⑨。

[注释]

①画鼓:饰有龙凤等装饰性图案的鼓。兰灯:以兰香为燃料的灯,这里泛指华贵之灯。严城:此指守卫严密的京城。

②清都绛阙:本指天帝所居的宫阙,这里借指京城。绛:深红色。阙:皇宫前面两边的楼台,中间为道路。

③银箭:即漏箭,古代计时器上的一种设备。霭(āi):本指云盛的样子。此指露气很盛。金茎:据说汉武帝时在建章宫造承露台,台上有铜制仙人舒掌捧铜盘玉杯,以承云表之露。此处不过是借用这个与京城有关的典故而已。

④平康:即平康坊,本为唐代长安里名,为妓女聚居之处。宋代汴京亦有平康里,南宋罗烨《新编醉翁谈录》丁集卷一云:"平康里者,乃东京诸妓所居之地也。自城北门而入,东回三曲。"后遂泛指妓女之所居。款:缓,慢。辔:马缰。款辔即谓驻马停留之意。

⑤凤烛:雕有凤形的蜡烛。荧荧:光闪烁的样子。

⑥罗绮:此代指歌伎。

⑦娇波:指女子娇媚的眼波。

⑧名宦:功名官职。拘检:拘束,束缚。

⑨年来:宋时俗语,指近来。风情:指男女相悦之情。

[点评]

　　这首词从词意上推测,应当是柳永中年以后的作品,词中颇有着一股浓浓的沧桑之感。柳永中举之后,在各地游宦,江湖羁旅之情,漂泊无依之感常常萦于胸中,此词即写其在繁盛的京都之夜,与意中人相逢却又无法欢聚的特殊情事。上片自起句至"巷陌"句,全是渲染都城的气氛,恍如一幅京都夜景图。鼓声喧天,彩灯密布,人声鼎沸,皎洁的月色与灯光相互辉映,一片热闹景象。以下三句则描写了京城中的另一番氛围,夜色笼罩之下,晚风传来清脆的漏箭之声,露气萦绕着高大的承露金茎。两种场景一动一静,一者喧闹,一者恬静,形成鲜明的对照,体现了京城景致的不同方面。"巷陌"句收束上文,同时引出下面的"过平康"以转入正题,主人公回到久别的京城,来到平康巷陌,他有意让马儿慢慢行走,因为这里正是他当年旧游之地,风中又传来熟悉的歌声,一灯闪烁,香屏未掩,那让自己魂牵梦萦之人正在灯下守候吧。下片跳开,不去写立即相会,而是写眼中的伊人形态,这说明他在门外徘徊了很久,也观望了许久。如花似玉的秀女丛中,她的美丽和当年一样依然是最为耀眼的,这种美不仅是容貌之美,更主要的是所谓"雅态",即神采和风韵。以下才真正写到重逢,但仍从伊人一面落笔,但见她眼波流动,娇媚艳冶,笑靥依旧,情意缠绵。词笔至此,已是风情万种,一片旖旎了。然而下面气氛却陡然一转,由温馨转为惆怅与苦叹。白居易《井底引银瓶》诗中云:"妾弄青梅凭短墙,君骑白马傍垂杨。墙头马上遥相顾,一见知君即断肠。"这里侧重取其"遥相顾""即断肠"之意,虽有重逢的机会,却再也没有欢聚的缘分了。而其中原因又难以向她解释,故云"难写深诚"。结句点明无法欢会的真正缘由是受到职务官位的拘束,近来已"减尽风情"了。宋代官员在官府宴会等场合固然可以召妓助兴,却不允许与歌伎产生私情,否则有可能受到处分。柳永早年正是因为混迹于青楼楚馆的经历,对他的仕途影响很大,后来改名才得以入仕。而且他多在外地州县游宦,随着步入中年,少年时的风流放荡也收敛了很多。因此与其说词中表达的是无奈与失望之情,倒不如说主要是人生的沧桑感。上片中对京城夜景的描绘,反衬了他的孤寂凄凉;下片对伊人美貌的摹写,也正是反衬了他内心的难言之隐。就全词而言,"墙头"句以上,以精丽的词笔进行描写叙述,而此句以下,则以平实的言语表现情感,这也是一种反差。实际上,这首词与柳永早年之作相比,确实有一种"减尽风情"的感觉,但是外在语言的平实正暗示了内心情感的深沉而丰富,全词也随之而更显得凝重厚实。这可谓是柳永后期作品的主要特征之一。

离情别绪

杨柳岸晓风残月

雨霖铃

寒蝉凄切。对长亭晚[1]，骤雨初歇。都门帐饮无绪[2]，留恋处、兰舟催发[3]。执手相看泪眼，竟无语凝噎[4]。念去去[5]、千里烟波，暮霭沉沉楚天阔[6]。

多情自古伤离别。更那堪、冷落清秋节。今宵酒醒何处，杨柳岸、晓风残月。此去经年[7]，应是良辰、好景虚设。便纵有、千种风情[8]，更与何人说。

[注释]

①长亭：古代送别之所。

②都门：京城之门，此处指汴京东城一边的东水门。帐饮：在郊外设帐幕，宴饮饯别。无绪：心情不好，没有情绪饮酒。

③兰舟：木兰木所制之舟，此为船的美称，并非实指。

④凝噎：喉头哽塞，说不出话来。

⑤去去：去而复去，重复言之，以示远去。

⑥楚天：此指长江中下游一带，春秋时属楚国。

⑦经年：年复一年。

⑧风情：男女相悦之情。

[点评]

柳永的青年时期是在汴京度过的。在景祐元年（1034）中进士之后，就离开汴京，在江淮、两浙等地任幕职官。在这之前和此后的游宦生涯中，也多次南来北往，出入京师。这首词的写作年代虽然难以考定，但无疑是柳永离开汴京，南下江浙时写的。

《雨霖铃》这个词调，相传是唐玄宗在蜀道中思念杨贵妃时所创，从声情上来说，本即是非常哀怨之调，宋代王灼《碧鸡漫志》卷五中说："今双调《雨淋铃慢》，颇极哀怨，真本曲遗声。"这首词用以抒发离情别绪，与词调的声情正相吻合，柳永精通音律，当非泛设。此词上片记别，从日暮雨歇，送别郊外，设帐饯行，到兰舟催发，泪眼相对，执手告别，依次层层叙述离别的场面和双方惜别的情怀举动，犹如一首带有故事性的剧曲，明白晓畅，情事俱显。"寒蝉"句，点明时令，"长亭晚"，点明离别之时间地点，同时也以这些景物渲染了离别的氛围。"都门帐饮"，是送别之地，"兰舟催发"，说明柳永这次离京南下，并非车马陆行，而是在都门坐船走的。北宋时，自汴京到江南，主要是走水路。汴京本倚汴水建成，从汴京上船，经汴水入淮，再经运河，渡江到江南。此词中写的行程，就是走的这条航线，是汴京通往东南的水运干道。词中对于离别心理的描绘也十分精细，已是"无绪"，正当"留恋"，然而"兰舟催发"。"执手"二句，可谓写尽古往今来的离别情状。"念去去"，推想别后，指明了舟行所至的方向，自汴京东水门登舟，沿汴河一路南行，即是向"楚天"进发。下片设想别后的冷落凄清景况。由别后之当晚设想到别后之次日清晨，再到别后之"经年"，总是皆因离散而令人销黯。顺势展衍，最后以情收结，余味不尽。词句清和朗畅，语不求奇而意致绵密，凄婉动人。

这首词在历来描写离情的文学作品中，称得上是负有盛誉的名篇，在宋代即天下传唱，特别是其中"今宵"二句，被人们视为可与苏轼"大江东去"相媲美的一代名句。"杨柳岸、晓风残月"这个孤舟夜泊，离心凄寂的典型环境，固然是柳永笔下的艺术创造，但也正是数百里汴河所特有的风光，隋炀帝时，在御河两岸广植柳树，这就是唐诗中常提及的"御河柳"或"隋堤柳"。白居易《隋堤柳》诗云："西自黄河东至淮，绿阴一千三百里。"北宋承平，作为京城连接东南的主要水上通道，汴河两岸的杨柳自当也是十分繁盛的。清代刘熙载《艺概》卷四中说："词有点、有染。柳耆卿《雨霖铃》云：'多情自古伤离别。更那堪、冷落清秋节。今宵酒醒何处，杨柳岸、晓风残月。'上二句，点出离别冷落。'今宵'二句，乃就上二句意染之。"有点缀有渲染，本是中国画用于衬托背景，加深层次的画法，此词中"多情"二句是点意，"今宵"二句是造境，以景色渲染来表达和体现"多情"二句所点明的情意，融情入景，以景赋情，从而创造了一个凄清冷落的怀人境界。它们既是景语，又是情语。残月寒柳、孤舟野泊的画面，沉浸在深深的离愁别恨之中，从一片寂静中传达出离人内心的无限哀怨。同时"今宵"句，以设问出之，除了含有与昨夜之欢聚对比的意味，主要也是为了顿笔蓄势，使下面推出的句子更显得惊心醒目，倍见警策。在声情上，这首词前呼后应的句法也别具摇曳顿挫之美。不仅如此，这两句居然还成了佛道中人参禅悟道的偈语真言，如宋江少虞《皇朝事实类苑》卷四四载，邢州开元寺僧法明，落魄不检，嗜酒好赌，每饮至大醉，惟唱柳永词，其临终偈语云："平生醉里颠蹶，醉里却有分明。今宵酒醒何处？杨柳岸晓风残月。"金代全真教祖师王喆也爱看柳词，其《解佩令》词云："《乐章集》，看无休歇。"又云："词中味，与道相谒。一句分明，便悟彻，耆卿言曲：杨柳岸，晓风残月。"这些都足以说明此词对当时及后世的巨大影响。

采莲令

月华收，云淡霜天曙。西征客^①、此时情苦。翠娥执手送临歧^②，轧轧开朱户^③。千娇面、盈盈伫立，无言有泪，断肠争忍回顾^④。　　一叶兰舟，便恁急桨凌波去。贪行色^⑤、岂知离绪。万般方寸^⑥，但饮恨，脉脉同谁语^⑦。更回首、重城不见^⑧，寒江天外，隐隐两三烟树。

[注释]

①西征客：本指西行之人。北宋人所谓"西征"，一般都指由江淮西行入汴京。

②临歧：本指至岔路口。古人送行常送至岔路口而分手，故临歧也成为送别分手的代称。这里的"送临歧"，也即是送

行的意思。

③轧轧:象声词,形容开门声。

④争忍:即怎忍。

⑤行色:此指宦游行程。

⑥方寸:本指心,此指心绪。

⑦脉脉:眼中含情之状。

⑧重城:即层城,指高耸的城阙。

[点评]

　　这也是一首抒写离情之作,有可能是柳永由江淮一带回到汴京,行前与情人分别时的作品。古人远行,多赶早出发,如温庭筠的"鸡声茅店月,人迹板桥霜",即是描写早行的名句,此词起句也是从清晨落笔,"月华收""霜天曙",都见出天已渐明。"西征客、此时情苦"一句,实际已把全词的主旨囊括俱尽,"西征",是"情苦"之原因,"情苦",是两人共同的心理状态。以下便具体叙写送别的场面。朱门轧轧而开,佳人执手相送。以下三句实写远行者在离别之后的回头所见,但见百媚千娇的伊人盈盈伫立在门前,无言凝噎,有泪如倾,此情此态,令他为之肠断而不忍再回顾。下片将抒情与叙事打成一片。扁舟一叶,"急桨凌波",疾行如箭,这已是离别之后的舍岸登舟了。"贪行色",即贪行役,实指贪功名,为官职功名所迫,而不得不四处转徙飘荡,然而内心何尝不也是浓浓的离愁呢?况且这种离愁对他们两人来说都只能独自忍受,相隔的遥远,使他们无法一吐衷肠,尽情倾诉。回首遥望,高城已不见,何况是城中朱门旁的佳人?能隐约望见的,只有江边笼罩在寒烟中的几株稀疏的柳树。尾韵以景结情,是词中惯伎,通过这个带有凄凉萧瑟气氛的景况,来渲染离情对人心理氛围的影响。这种在叙事和描写过程中夹以浓挚而又略带压抑的情感抒发的手法,也是柳永词的显著特色。

倾　杯

　　离宴殷勤,兰舟凝滞①,看看送行南浦②。情知道世上,难使皓月长圆,彩云镇聚③。算人生、悲莫悲于轻别,最苦正欢娱,便分鸳侣。泪流琼脸,梨花一枝春带雨。　　惨黛蛾、盈盈无绪。共黯然销魂,重携纤手,话别临行,犹自再三、问道君须去。频耳畔低语。知多少、他日深盟,平生丹素④。从今尽把凭鳞羽⑤。

[注释]

①凝滞:受阻而停留不进。

②看看:转眼,表示时间极短。南浦:泛指送别之地。《楚辞·九歌·河伯》:"子交手兮东行,送美人兮南浦。"江淹《别赋》:"送君南浦,伤如之何。"

③镇:常。

④丹素：赤诚之心。

⑤鳞羽：指能传书的鱼雁，此代指书信。

[点评]

　　这也是一篇离别之词，但和《雨霖铃》等名作不同的是，此词没有花太多的篇幅去设想离别之后的情境，而是把笔触集中在离别时的这一刻，倾力描摹与情人难舍难分的场景，宛如一场精彩而令人感伤的独幕剧。起笔从"离宴"写起，"殷勤"二字，已见出恋恋之意，正因为即将面临别离，情人间自然尤其珍惜这最后的一次欢宴。"兰舟凝滞"，是说船尚未"催发"，时间似乎还是充裕的。但尽管"殷勤"，尽管"凝滞"，离别总归是近在眼前了，别宴上的欢乐始终无法抵挡即将离别的阴影，这种别宴是怎样的况味也就可以想见。王实甫《西厢记》长亭送别一折中，也曾描述崔莺莺为张生进京赶考送行时的一场别宴，在崔莺莺心目中，"将来的酒共食，尝着似土和泥。假若便是土和泥，也有些土气息、泥滋味。"（《快活三》），而"昀溶溶玉杯，白泠泠似水，多半是相思泪。眼面前茶饭怕不待要吃，恨塞满愁肠胃。蜗角虚名，蝇头微利，拆鸳鸯在两下里。一个这壁，一个那壁，一递一声长吁气。"（《朝天子》）柳词中的离别之人恐怕也同样是这种心情吧。正在"殷勤""凝滞"之时，转眼就真的到了离别时分。"看看"二字，转折十分有力。但下文并没有立刻去讲离别情景，而是大段铺叙离别之人的心情，章法与其他同类之作颇有不同。"情知道"三句，看似自我宽慰之词，实是极其沉痛之语。月难常圆，云雨易散，人生的离别，何时无之。但苏轼能够从"人有悲欢离合，月有阴晴圆缺"中，看透人生从而善处人生，达到心理的自我调适，而对于柳永来说，却很难从这种痛苦中轻易解脱出来，故云"算人生、悲莫悲于轻别"！《楚辞·九歌·少司命》中说："悲莫悲兮生别离，乐莫乐兮新相知。"柳词即从此意化出。离别苦，而最苦的是从"欢娱"之中陡然跌入劳燕分飞的境地。"欢娱"二字，远指情人间往日的欢好情事，近指"离宴"之上的"殷勤"。此情此景，怎不令人黯然神伤，泪满衣襟。"梨花一枝春带雨"，是用白居易《长恨歌》中"玉容寂寞泪阑干，梨花一枝春带雨"的成句，既是指女子"泪湿春风鬓脚垂"的忧伤之状，又以这个楚楚动人的形象暗示了她的美貌，同时还引发人对"长恨"二字的联想，唐玄宗与杨贵妃之生离死别固然令人伤感，而人间小儿女的别离也同样是"长恨"，这也就是清代袁枚诗中"莫唱天上别离歌，人间亦自有银河"之句的意思。下片才正式讲到离别时情景，先从送行的女子角度写起，离怀愁惨，"帐饮无绪"，二人都黯然魂销，执手话别，终于到了不得不分携之时了。"犹自再三、问道君须去。频耳畔低语"，是传神妙语，真切表达了送行女子不忍分离的情感，一切留恋都在这再三的低问中流露出来。"知多少"三句，写叮咛后约，丹心一片，只能全靠鱼雁传情了。全词一气转下，而又步步流连，转折处非常精巧，特别是下片临别时分的情景描述，已到了一片神行而无迹可寻的境界，看似无技巧可言，实则自然见出功力之深湛。

引驾行

　　虹收残雨。蝉嘶败柳长堤暮。背都门^①、动消黯^②，西风片帆轻举。愁睹。泛画鹢翩翩^③，灵鼍隐隐下前浦^④。忍回首、佳人渐远，想高城、隔烟树。

　　几许。秦楼永昼^⑤，谢阁连宵奇遇^⑥。算赠笑千金，酬歌百琲^⑦，尽成轻负。南顾。念吴邦越国^⑧，风烟萧索在何处。独自个、千山万水，指天涯去。

[注释]

①背都门：指离别京城而去。

②消黯：黯然销魂。

③画鹢(yì)：饰以鹢鸟图案的船。鹢是一种水鸟，古代船头常绘之。

④灵鼍(tuó)：俗名猪婆龙，即扬子鳄。其皮可蒙鼓，故常被用来指代鼓。如李斯《谏逐客书》云："建翠凤之旗，树灵鼍之鼓。"隐隐：指鼓声。

⑤秦楼：指歌伎所居之楼。

⑥谢阁：谢娘之阁，亦代指妓楼。

⑦百琲(bèi)：成串之珍珠。珠五百枚或十贯为一琲。

⑧吴邦越国:指吴越之地。

[点评]

　　离别,这个中国古典文学的基本母题之一,令历代无数的才子词人,骈辞弄笔,写下了大量的优美篇章,说明这个母题本身具有广泛的生发性和包容性。就单个作家来说,也往往就此一个主题写出不少同样精美的名作。柳永词中表达离别情怀的,除了《雨霖铃》等脍炙人口之作以外,这篇《引驾行》也是颇为耐读的一首。此词在结构上,前阕侧重写景状物,后阕侧重抒情写怀。从上片的"都门"和下片的"南顾"诸语来看,词中主人公出行的路线和《雨霖铃》词基本类似,也是自汴京由汴河、大运河至江南吴越一带。起笔二句,渲染离别的气氛。"蝉嘶败柳",以见秋季物候;"虹收残雨",以见薄暮时分;"长堤",是分携之所。"背都门"二句紧承,顺写离别,由离别前内心之愁苦凄黯,写到离别时已无可奈何地迫近,船已行,人已去。"愁睹"三句,从送行者角度落笔,以其愁眼见出船行之渐远。前面刚说"片帆",此处又言"画鹢",或许又要被讥笑为"语意颠倒如是"了吧(参见《轮台子·一枕清宵好梦》词点评),不过亦不必深究,总归是指行舟而已。"泛画鹢"二句,是典型的词中句法,"泛"字领起,"画鹢翩翩"与"灵鼍隐隐"相对,"下南浦"顺接,这也只有在词中或后来的曲词里,才能看到如此灵动活泼的句法。"忍回首"二句,又从行者角度落笔,"佳人渐远",略同于后来周邦彦《兰陵王》词中"望人在天北"之意,但周词还是描写对方静态地在岸边遥望,柳词中用"渐远",则表现了恋恋不舍的情态。"高城"句,用欧阳詹《初出太原寄有所思》诗"高城已不见,况复城中人"句意,高城已为烟树所隔,何况是城中佳人呢?下片写别后凄凉与怅惘之情。首先折入当年旧事,"秦楼""谢阁"数语,可见这位"佳人"也是青楼女子的身份。永昼相从也好,连宵共度也好,在行者看来,皆是难以忘怀的"奇遇"。"算赠笑"三句,将当初之热闹与如今之冷清对照,以见"轻负"之恨、惆怅之怀。所谓"千金""百琲",自然是夸张之笔,一方面为了强调佳人之美貌与万种风情,另一方面,这也是柳永词中的习惯写法,如《长寿乐》中说:"况有红妆,楚腰越艳,一笑千金何啻。"这种带有世俗气的夸耀之语,也是柳永词的一个特色。"南顾"以下,转回现实,续写别后。"吴邦越国",是所往之地,"风烟萧索",衬托羁旅之情。"独自个"二句作结,是游子满面风尘而又不得不踽踽独行的深沉叹息。句中的孤独凄凉之意,与当初两人相聚时的温馨热闹,用语的清疏与前面的丽词,都形成鲜明的对比,则相思之情自然更见强烈。纵观全词,与《雨霖铃》确有不少类似之处。"虹收残雨",即"骤雨初歇";"蝉嘶败柳",即"寒蝉凄切";"长堤暮",即"长亭晚";"背都门动消黯",即"都门帐饮无绪";"片帆轻举",即"兰舟催发";"吴邦越国,风烟萧索",即"暮霭沉沉楚天阔"。但是此词的独特之处在于,下片中引入对往事的追忆,并把它和现今的情事作对比,表达羁旅愁情。这便和《雨霖铃》纯以设想行文有所不同,词意顿生跳荡曲折之感,更加耐人寻味了。它虽然不如《雨霖铃》那么精美真切、铺叙详尽,但也不失为一篇精美之作。

忆帝京

薄衾小枕天气①。乍觉别离滋味。展转数寒更②,起了还重睡。毕竟不成眠③,一夜长如岁。

也拟待、却回征辔④。又争奈、已成行计。万种思量,多方开解,只恁寂寞厌厌地⑤。系我一生心⑥,负你千行泪。

[注释]

①薄衾:薄被,单被。

②展转:即辗转,指辗转无眠。

③毕竟:终究。

④拟待:打算。却回:转回。辔:马缰,此代指马。

⑤厌厌地:精神不振的样子。

⑥系:牵系。

[点评]

柳永创作了不少描写羁旅途中对景相思之作,但这首词却有所不同,它写的是一位男子刚刚与情人分别之后的心理,刚刚分别已是如此的相思难耐,则日后的相思之苦也更可以想见了。"薄衾小枕天气",点明时值夏末秋初的季节,天气微有凉意。同时"衾""枕"二词,也点明了主人公相思的时间背景,是在拥衾独卧的夜间。"乍觉",有"突觉""猛觉"之意,白天风尘仆仆地赶路,尚无精力去想得太多,到了夜间,清寒难耐,孤枕难眠,顿时相思之情涌上心头,再也难以消减,感情的波澜令他心潮涌动。这两句看似平平叙述,实则已为全词定下了基调。以下遂铺叙所谓"别离滋味",空床辗转,静数寒更,盼望早点天亮,结束这孤寂凄凉的相思之夜。可天亮还早,于是又只能时而起来徘徊,时而又"重睡",这十个字非常精彩地把主人公烦躁不安、起卧难平的失眠情状表达出来了。一夜过去,终究未成眠,此夜之长,恍如隔岁。而此后的日日夜夜,又将何以自处,其中情味,可以想象。上片叙情事,下片则直抒情愫。不是不想就此拨转马头,回到情人身边,去共享两情相悦、两相厮守的欢乐。怎奈已经踏上征程,如何再能回头?或为求取功名,或是迫于生计,总归是不得不驱驱行役了。"万种思量,多方开解",都是承"已成行计"而言,谓想方设法要找一个理由返回,但终是找不到;想方设法要开解排遣自己的离愁,同样也是无法做到。欲归不能,欲行不忍,于是只能是"寂寞厌厌地"。结句"系我一生心,负你千行泪",一生之真心,皆系于彼;而彼之千行思泪,又不得不辜负。此恨绵绵,无有了期。在这种带有自责的语气中,主人公对伊人的真情厚意表现得淋漓尽致,婉曲动人,可谓是全篇之警策。这首词流畅自然,平淡而朴厚真挚,语虽作尽头语,但意脉却更加淳雅,而这都来源于由性灵肺腑中流出的至真之性情。

离别难

　　花谢水流倏忽,嗟年少光阴。有天然、蕙质兰心。美韶容、何啻值千金①。便因甚、翠弱红衰,缠绵香体,都不胜任。算神仙、五色灵丹无验,中路委瓶簪②。　　人悄悄,夜沉沉。闭香闺、永弃鸳衾。想娇魂媚魄非远,纵洪都方士也难寻③。最苦是、好景良天,尊前歌笑,空想遗音。望断处,杳杳巫峰十二④,千古暮云深。

[注释]

①何啻:何止。

②中路委瓶簪:白居易《井底引银瓶》诗:"井底引银瓶,银瓶欲上丝绳绝。石上磨玉簪,玉簪欲成中央折。瓶沉簪折知奈何?似妾今朝与君别。"本指情人之间的生离,这里是指死别。

③洪都方士:指为唐明皇上天入地寻找杨贵妃魂魄的道士。白居易《长恨歌》云:"临邛道士鸿都客,能以精诚致魂魄。为感君王辗转思,遂教方士殷勤觅。"

④巫峰十二:即巫山十二峰。用宋玉《高唐赋》中记楚王梦中与巫山神女相会事。

　　这是一首悼亡词,不仅在柳永词中,在整个唐宋词中也是一首颇为特殊的作品。传统的悼亡之作,所悼念的对象全是妻子,如潘岳、元稹、李商隐等人的悼亡诗以及后来苏轼的悼亡词《江城子·乙卯正月二十日夜记梦》等。而此词所悼念的却是一位聪明貌美的歌伎。仅从这个题材来看,就可以说明柳永与这些歌伎之间情感的真挚和相待的平等了。《离别难》本为唐代教坊曲,词人故意选用了这个带有悲慨意味的词调,人间的生离尚"难",更何况是人天永隔的死别呢!

　　此词与柳永的大多数词一样,也是一个上下顺序的结构,上片叙写伊人生前,下片抒发自己对她死后的追念。"花谢"二句,亦赋亦比,揭示全词的主旨。花落水流,倏忽而逝,而正值青春年少、如花似玉的伊人也如这水中花一般,永远地离去了,怎不令人慨叹伤怀?以下"有天然"二句写其可爱之处,她既有着天生的兰蕙一般的高雅气质、聪慧心性,又有着姣好韶秀、一顾倾城的美丽容颜,而在词人的追忆中,这些可爱之处也越发显得可爱难得了,然而爱之愈深,则永别之后,心灵的创痛也愈深。"便因甚"一转,"翠弱红衰",娇弱的体质益显憔悴,"缠绵香体",病榻辗转,顾影伶俜,弱不胜衣。"算神仙"二句,则点明她的去世,沉疴不起,即使有神仙所炼的灵丹妙药,也毫无效验。终于如瓶沉簪折,情爱正浓而中道弃捐了。下片追思。在她的故居处,人声悄悄,夜色沉沉,香闺紧闭而绣被闲抛,物虽依旧而人已无踪,一片凄凉氛围。"想娇魂"二句深入一层,悬想或许泉路未遥，魂魄未散，可别说没有所谓洪都方士可供驱遣，即使真有，他能替唐明皇在东海仙山上找到杨贵妃，但对于自己而言，恐怕只能是"上穷碧落下黄泉，两处茫茫皆不见"吧，足见其无可奈何而又难以自解之悲情。"最苦"三句，又遇良辰美景，重见"尊前歌笑"，当年正是在这样的场合，和伊人举杯相对，笑语频传，那种欢乐时光恍如昨日，然而一个"空"字，已把这些欢乐一笔抹倒，当时的欢乐无非是更增今日之凄凉与销黯罢了。结拍"望断"三句，用宋玉《高唐赋》中巫山神女故事，既点明了她的身份，也通过这个迷离惝恍的神幻境界转入虚想，十二巫峰，朝云暮雨，杳杳仙山，神女何处？"此情无计可消除"，唯有怀此一段缠绵，如巫山暮云，终古遥望而已。这首词语言质朴本色，不事雕琢。依次展开，娓娓道来，铺叙尽致。看似平静，而对伊人的缠绵情意、深怜厚爱自见，似乎毫不费力，而感染力却特别强烈。

羁旅愁思

路遥山远多行役

曲玉管

陇首云飞①，江边日晚，烟波满目凭阑久②。一望关河，萧索千里清秋③。忍凝眸④。　　杳杳神京⑤，盈盈仙子⑥，别来锦字终难偶⑦。断雁无凭，冉冉飞下汀洲⑧。思悠悠。　　暗想当初，有多少、幽欢佳会，岂知聚散难期，翻成雨恨云愁⑨。阻追游。每登山临水，惹起平生心事，一场消黯，永日无言⑩，却下层楼。

[注释]

①陇首：陇头，山头。

②凭阑：即凭栏。

③萧索：萧条冷落。

④忍凝眸：谓不忍注目观赏。

⑤杳杳：遥远貌。神京：指京城汴京。

⑥盈盈：仪态美好貌。

⑦锦字：据《晋书》窦滔妻苏氏传载，前秦秦州太守窦滔被徙流沙，其妻苏蕙思之，织锦为回文璇玑图以赠滔，题诗二百余首，共三百四十字（一云八百余字），可宛转循环而读。故后世常以锦字代指夫妻或情人之间的书信。难偶：意谓锦书难

托,音信断绝。

⑧断雁:离群孤雁。冉冉:缓慢状。

⑨期:期盼,约定。翻:反。

⑩永日:长日,整天。

[点评]

　　《曲玉管》本为唐教坊曲名,词为三叠之"双拽头",即前两片句法相同,于第三片为双头,如二马共拉一车,故名"双拽头"。此词写羁旅愁情中的别离之恨。第一片,写眼前所见之景。起句"陇首云飞",当出自梁柳恽的名句"亭皋木叶下,陇首秋云飞",然全无沿袭痕迹。此句为仰视,下句"江边日晚",则是俯观。"凭阑"二字,可见飞云、寒江、斜日、烟波,皆是凭阑所见。烟波满目,徒增怅惘,勾勒出一幅凄清的秋江晚眺之图。"一望"二句,由近及远,纵目骋望,但见关河冷落,千里高秋,可望而不可尽睹,遂逼出"忍凝眸"三字,极写触景伤怀、不堪人望之意,"忍"即"怎忍",表现了再也看不下去的激动情感。情由景生,情景融汇。第二片,写怀人之感。"杳杳"三句,承"一望""千里"诸语而来,天涯望断,而思绪已飞至遥远的汴京,所思之佳人正在彼处。"盈盈仙子",也点明了佳人的身份,唐人常以仙女来指代歌伎或女道士,这里无疑所指的也是一位汴京城中的歌伎。当年一别之后,音信全无,锦书难托,一种相思,两处闲愁。"锦字",用窦滔、苏蕙夫妻的故事,这里只是取这个典故中"寄锦"之字面,不必拘泥。"断雁"二句,承"锦字"而来,非常巧妙,它既与前面的典故相关,鸿雁本可传递"锦字",而曰"无凭",就表达了惆怅之意;同时这个意象又是眼前实景,所谓

"断雁",即是离群之孤雁,它满怀忧郁寂寞地"冉冉飞下汀洲",自然使得漂泊游子睹物兴怀,而不得不"思悠悠"了。这三字,也是对第二片的总结,与上片结尾处的"忍凝眸"相呼应。一、二两片音律齐整,词意则各有侧重,有分有合。第三片,承"思悠悠",继续铺叙。"暗想"二句,回溯当年之"幽欢佳会",随即折入相离相别的痛苦,再写如今"雨恨云愁"这种难以言说的酸辛。"有多少""岂知""翻成",三个虚词,十分传神,它们使得词意不流于平铺直叙,而是波澜起伏,动荡曲折。"阻追游"三字,横亘于中,突兀有力。"每登山"以下,急管繁弦,以细腻之笔抒写缠绵之情。"每"字,可见这种相思之苦与羁愁之感,早已非一朝一夕,而是"惆怅还依旧"。故只能黯然凝伫,长日销魂。"无言",可见悲痛的深沉。"却下层楼",遥接上片"凭阑久",在残照西落,暮色苍茫的背景下,这位游子独自走下楼来。以景结情,余味不尽。在章法上也显出结构的回环照应。这首词境界开阔,感情深沉,情景互为生发。层次井然不乱。清代刘熙载讲柳永词"善于叙事,有过前人"(《艺概》),此词正是一个较为明显的例子。

倾杯乐

皓月初圆,暮云飘散,分明夜色如晴昼。渐消尽、醺醺残酒。危阁迥^①、凉生襟袖。追旧事、一饷凭阑久②。如何媚容艳态，抵死孤欢偶③。朝思暮想，自家空恁添清瘦④。　　算到头、谁与伸剖⑤。向道我别来⑥，为伊牵系，度岁经年，偷眼觑⑦、也不忍觑花柳⑧。可惜恁、好景良宵，未曾略展双眉暂开口。问甚时与你，深怜痛惜还依旧。

［注释］

①危阁：高阁。迥：远。此句谓登楼远望。

②一饷：指示时间之词，或指多时，或指暂时。这里指多时。

③抵死：宋代俗语，意为总是，老是。孤：同辜，辜负。欢偶：指欢会偶合。

④自家：自己。

⑤谁与：即谁为。伸剖：申诉表白。

⑥向道：此指向佳人说。

⑦觑：斜视，窥视。

⑧花柳：此处代指妓女。

［点评］

　　柳永词多以女性为描写对象，但也有不少作品是出自男性口吻的，描写他们对歌伎的深沉真挚的情感，刻画他们细腻而丰富的内心世界，表达他们对幸福和爱情的渴求。这些男子虽未必即是柳永自己的化身，但也可以说在一定程度上体现了作者的人生理想。这首词即是描写一位男子对离别经年的远方佳人的刻骨思念。起三句从月色落笔，圆月高悬，月华如水，夜色清丽。在这样的背景中出现了主人公的形象，但见他月下独倚高楼，"渐消尽"句，可见早已是试图借酒消愁，然而酒虽醒而愁未消，故再登楼远眺，"凉生襟袖"，见寒凉之感骤生。无限往事，涌上心头，就在对过去之欢乐生活的回忆中，不知不觉已是久立中宵了。这三句与起笔三句相应，共同展现了一个孤独悲凄的环境和内心感触。以下遂以白描手法，放笔直抒情感。佳人之"媚容艳态"，令人心动思忆，可为何自己却总是辜负了那相聚时的欢会偶合呢？这实际上表达了对江湖漂泊生涯的厌倦和无奈，以至于"朝思暮想"，空自为伊憔悴清瘦，见出他的情深而思切。下片直承续写眼前的思绪，"到头"，即到底，最终之意，"谁与伸剖"，即无人为自己向佳人表白倾诉。"向道"以下直至篇终皆是表白的内容。这里又可分为三意："为伊"三句是表白忠心，即别后对她的魂梦牵系，度日如年，且年复一年以来，从未再流连于烟花巷陌，即使是偷眼瞧都没有瞧一眼，可见其用情之专一。"可惜"二句是表白现今的感受，虽有良辰好景，对离别中人来说，全是虚设，因离情所苦，双眉从未舒展，笑口从未开过，此种孤寂悲伤，人何以堪。这两句见出其用情之真挚。"问甚时"二句，则是表白对将来的渴望和内心的呼唤：何时才能再次重逢，像过去一样对她"深怜痛惜"，欢爱无限。这又见出其用情之深厚温婉。缠绵悱恻，凄楚动人。柳永词铺叙的功力在此词尤其是下片中体现得很充分，本来不过是"相思"这一个简单的意思，却以"谁与伸剖"句一领，分三层来铺叙描写，把人物心理活动的各个层面都加以尽情抒发，淋漓尽致，真可谓是有必显之隐，无难达之情。

归朝欢

　　别岸扁舟三两只。葭苇萧萧风淅淅①。沙汀宿雁破烟飞②,溪桥残月和霜白。渐渐分曙色。路遥山远多行役③。往来人,只轮双桨④,尽是利名客⑤。　　一望乡关烟水隔。转觉归心生羽翼。愁云恨雨两牵萦,新春残腊相催逼。岁华都瞬息。浪萍风梗诚何益⑥。归去来,玉楼深处,有个人相忆⑦。

[注释]

①葭苇:芦苇。淅淅:形容风声。

②沙汀:指水边沙洲。

③行役:本指因服役或公务在外奔走,后泛指行旅。

④只轮:代指车马。双桨:代指舟船。

⑤利名客:求名逐利之人。

⑥浪萍风梗:浪中浮萍,风中草梗,皆比喻游子行踪不定的生活。

⑦个人:那人。

[点评]

　　这是一首冬日早行而怀归之词,上片即景生情,下片直抒感慨,表达了游子漂泊生涯中的苦闷情绪。起句"别岸扁舟三两只",是谓经过一夜的孤舟露宿之后,扁舟离岸,又开始了一天的行程。"三两只",说明启程之早,江上船稀。"葭苇"句,从听觉角度写游子之所感,芦苇萧萧,寒风淅淅,衬托江乡的荒寒景象。"沙汀"句,写洲渚边的宿雁被早行之舟惊起,破烟穿空而去。"溪桥"句,令人联想起晚唐温庭筠《商山早行》诗中"鸡声茅店月,人迹板桥霜"之名句,天西残月与桥上晨霜同一洁白,同样也暗示了早行。这两句对仗工整,写景清疏,是中晚唐绝句之佳境。"渐渐"句,写曙色渐开,天已渐晓,可见时间的推移和游子已经过一段行程,从而结束早行之景的描绘。"路遥"句,承上启下,"路遥山远"是概括行旅,"多行役"是引发感慨。"往来"三句,写江上行舟、岸上车马渐渐增多,在游子看来,这些荏苒匆匆的来往之人,都和自己一样,为了区区名利,而不得不辗转飘零,同一悲慨。这是借他人酒杯,浇自己胸中块垒的写法,微透自己"踵常途之役役"(韩愈《进学解》)的苦闷,晨景虽佳,对于早行之人来说,却全是虚设而已。下片"一望乡关"二句,承上由写景转入抒情,厌倦羁旅,自然生出归思,遥望故乡,千里阻隔,烟水茫茫,情何以堪,因此恨不能肋生双翼,立即飞回。这里用"心生羽翼"来形容,比喻新奇。从中可以想见其归乡心情的迫切。然而双翼终不可得,归乡之念终属虚幻,这种欲归而不得归的感受最是令人肠断。"愁云"两句,亦是对句,一写离情渺渺,两地牵萦,一写时序代谢,日月相催。遂逼出"岁华都瞬息"一句,客途寂寞,对于年光的流逝最易惊心。年光逼人,而自己却仍浪迹天涯,欲归不得,更令人平添无数的感慨。"浪萍风梗诚何益",谓自己身世如水上浮萍、风中断梗、飘荡不定,把握不了自己的命运,于是深感这种毫无结果的漫游终是徒劳无益。词意悲苦凄凉。"归去来"三句,谓不如早日踏上归途,免使闺中佳人,日日相忆。柳永的许多羁旅词,都喜欢大段铺叙与远方佳人的思忆之情,或是写游子如何思佳人,或是设想佳人如何思念自己,两面对写,以反映旅途的愁苦和思归之意。这首词却只是在结处稍稍一点,对此不作过多的铺写,反倒是显得不冗不蔓,有画龙点睛之妙。此词以白描和铺叙见长,情景相生,纡徐婉曲。语言平易贴切,特别是上下片中的两个对偶句,精警而富于概括力。虽然与柳永同类之作相比,在意境与结构上稍乏新意,并无太多的过人之处,但尚不失为一篇法度谨严、平实稳妥的作品。

阳台路

楚天晚。坠冷枫败叶,疏红零乱①。冒征尘、匹马驱驱,愁见水遥山远。追念少年时,正恁凤帏②,倚香偎暖。嬉游惯。又岂知、前欢云雨分散。

此际空劳回首,望帝里③、难收泪眼。暮烟衰草,算暗锁、路歧无限④。今宵又、依前寄宿⑤,甚处苇村山馆⑥。寒灯畔。夜厌厌⑦、凭何消遣。

①疏红:指稀疏的枫叶。

②恁:如此。凤帏:绣有凤凰图饰的帷帐。

③帝里:指京城。

④算:料想。路歧:即歧路。

⑤依前:依旧。

⑥甚处:何处。苇村山馆:水村山庄。

⑦厌厌:此指寂静貌。

[点评]

　　此词为宦游途中寄慨身世之作。起处三句,大笔勾勒,一派暮秋景象。"冷""败""疏"三字,都带有强烈的衰残色彩。一"坠"字,暗示了秋风凄冷之感和飘零狼藉之态。寥寥数笔,便描摹出天地间萧瑟肃杀之意,体现了柳永词写景状物的功力。同时这三句也定下了全词伤感愁苦的感情基调。"冒征尘"三句,写羁旅途程。"匹马",见其孤独无侣,寂寞无聊。"驱驱",见其驱驰无定,前程未卜。"水遥山远",谓途程的漫长迢递,永无休止,以"愁见"引出,可知其山川跋涉,不堪辛劳之苦。词意至此,展现了一个在秋风中踽踽独行的天涯游子形象。"追念"以下,更深入其内心加以描述。对现实境遇的厌倦,引发了对美好往事的追忆:当初居于汴京时,年少风流,倜傥不群,千金一掷,买笑追欢,那是何等的豪兴;凤帏鸳帐,倚香偎暖,又是何等的温馨旖旎。"嬉游惯"一句,即是对这种放浪不羁生活的总结。随即却说"又岂知",笔锋一转。"前欢云雨分散",这既是指与佳人的分拆离散,同时也是指少年情事的一去不返,只能于记忆中追寻矣。下片以"此际"领起,"空劳回首",承上"追念",说明"事如春梦了无痕",根本无法寻觅。"望帝里"句,则是写在明知无望的情境下,仍然不可抑止的恋恋之意,因为京城已经成为过往美好生活的象征,与孤单凄苦的现实相比,往日种种情事,显得愈发令人怀念。故"难收泪眼",情难自禁,涕泪交零。"暮烟"二句,是对将来的展望,现实既是如此令人忧伤,而将来也仍不过是阻隔重重,"路歧无限",前途依旧一片渺茫。通过昔日、现实、将来的对比,以昔日的美好反衬现实的痛苦,又以将来的黯淡迷蒙对这种痛苦进行加倍的深化,以时空的转换组织词意。类似的手法,虽在后来周邦彦词中发挥得炉火纯青,但追源溯始,却当推柳永为先声。"今宵"以下,是思前想后已毕,万般无奈之辞。"又""依前",可见日日如此,宿于"苇村山馆",独对"寒灯"无寐,漫漫长夜,不知如何挨过。一天的风尘只能在逆旅静夜之中独自去品味、去咀嚼。自伤自怜、自艾自怜之意呼之欲出。末句的反问语气也加强表达了内心愁苦的难以排遣。词句虽浅易而意境却深沉,抒情虽直抒胸臆,以尽露为快,却又情态可感,真挚动人。此词明显是柳永中年以后的作品,词人所写的羁旅词,往往把羁旅愁情与对远方佳人的思念合写,如《八声甘州》中"想佳人、妆楼颙望,误几回天际识归舟"等语,即是典型的例子。但这首《阳台路》却稍有不同,它是把往昔的情事与现实的愁苦对写,所谓"倚香偎暖",并非指某个特定的对象,而完全是词人少年风流生活的象征。柳永在《长相思》词中说:"名宦拘检,年来减尽风情。"《少年游》词亦谓:"狎兴生疏,酒徒萧索,不似去年时。"词人的心已经老了,生活和宦途的艰辛带给他太多的疲惫。因此,我们在这首词中所强烈体味到的,也就是那种浓郁的沧桑之感和悲凉之慨,这是中年人所独有的,而且更是像柳永这样落魄江湖、无法掌握自身命运的中年人所独有的。

留客住

偶登眺①。凭小阑、艳阳时节,乍晴天气,是处闲花芳草②。遥山万叠云散,涨海千里,潮平波浩渺。烟村院落,是谁家绿树,数声啼鸟。　　旅情悄③。远信沉沉,离魂杳杳。对景伤怀,度日无言谁表④。惆怅旧欢何处,后约难凭⑤,看看春又老⑥。盈盈泪眼,望仙乡⑦,隐隐断霞残照。

[注释]

①登眺:登临眺望。

②是处:处处。

③旅情:羁旅情怀。

④谁表:向谁表白倾诉。

⑤后约:将来重会的约期。

⑥看看:转眼。

⑦仙乡:借指旧欢的居处。

[点评]

　　南宋张津《乾道四明图经》卷七曾记载："晓峰场,在县西十二里。柳永字耆卿,以字行,本朝仁庙时为屯田郎官。尝监晓峰盐场,有长短句,名《留客住》,刻于石,在廨舍中。后厄兵火,毁弃不存,今词集中备载之。"可知此词是柳永在监晓峰(今属浙江定海)盐场时所作,词中所抒发的亦是羁旅情怀和相思之苦。上片全是写景,将春日美景写得生意盎然。"偶登眺",是总冒,上片所述之景皆为登眺所见。"偶"字,略露百无聊赖之意。"凭小阑"三句,概写春光。"艳阳时节",点明时令。"乍晴天气",是春日特有的气候特征,常日春风萧萧,春寒料峭,终于迎来了一个艳阳高照的晴日,正是踏青登眺的绝好时候。但见处处百花争奇斗艳,姹紫嫣红,青绿的芳草鲜翠欲滴。"闲"字,很有一种悠然自得的神态,暗示着人心境的闲适。"遥山"三句,是远景,四面背山面海,故先写层叠远山的高耸晴空,"云散",暗承"晴"字,显示山色的明朗青翠。而另一面则是波涛万汇的东海,春潮涌动,碧海辽阔,浩渺无垠。"万叠""千里""浩渺",这都是极力拓展词境的关键字眼,山海相映,气象万千。唐人诗"潮平两岸阔,风正一帆悬",固然精妙,但那毕竟还只是写江水的浩渺,柳永这两句展现的却是沧海的壮阔,气魄自然要大得多。在词中描写大海涨潮的浩渺景象,此首是北宋词中仅见之作。"烟村"三句,复又从细处落笔,目光收近,见"烟村院落",炊烟袅袅。绿荫丛中,传出一声声春禽的鸣啭,可谓"枝头春意闹"。上片的景物描写,无论是动是静,是远眺是近观,都表现出浓郁蓬勃的春意和怡然的情致。但如此美景,对于他乡游宦之人来说,尽管可能使他的心情暂时从忧郁中得到片刻的解脱，但终究是无法真正排遣心灵深处的寂寞和无奈，反而对景伤春。因此下片所抒之情，与上片的景物传达出来的情致就截然相反，侧重写伤怀之感了。欢快之景成为忧伤之情的反衬，这在柳永词中也是习见的手法。"旅情悄"三字，立全篇之骨，良辰美景，尽成虚设，徒自惹人愁绪。"远信"二句，写与所思佳人音讯隔绝，间关万里，一别音容两渺茫。"惆怅"三句，写春光转眼将逝，自己亦青春不再，种种"旧欢"，一切美好的往事，未知何处，只能在梦中去追寻、去咀嚼。而再会之"后约"，更是无凭无据，难有定准，怎能不对景伤怀？这也就是"旅情悄"的具体内涵。心灵被这种愁绪所占据，身又是天涯游宦的孤独之身，此情此心，又向谁去倾诉呢？真可谓悲哀已至极处。"盈盈泪眼"三句作结，"仙乡"，暗用刘、阮入天台山遇仙故事，这里指所思佳人的住所，说明对方是歌伎的身份。"隐隐断霞残照"，以景结情，亦虚亦实，既是想象中"仙乡"杳杳之情事，又是"登眺"所见之实景，从上片的"乍晴天气"到此刻的"断霞残照"，点出时间的推移，可见这位游子自早至晚，已在高处遥望凝伫了整整一日，在黯然销魂的情绪中又度过了一天的光阴，而愁绪却依然无休无止、无法排遣。语句含蓄而神情毕见。此词以情与景的反差增强了它的感染力，结构严谨而脉络分明，真实地再现了游子孤独寂寞的情思。

戚 氏

晚秋天。一霎微雨洒庭轩①。槛菊萧疏，井梧零乱惹残烟②。凄然。望江关③。飞云黯淡夕阳间。当时宋玉悲感，向此临水与登山。远道迢递，行人凄楚，倦听陇水潺湲。正蝉吟败叶，蛩响衰草，相应喧喧④。　孤馆度日如年。风露渐变，悄悄至更阑⑤。长天净，绛河清浅，皓月婵娟⑥。思绵绵。夜永对景⑦，那堪屈指，暗想从前。未名未禄，绮陌红楼，往往经岁迁延⑧。　帝里风光好，当年少日⑨，暮宴朝欢。况有狂朋怪侣，遇当歌、对酒竞留连。别来迅景如梭⑩，旧游似梦，烟水程何限。念利名、憔悴长萦绊。追往事、空惨愁颜。漏箭移、稍觉轻寒。渐呜咽、画角数声残。对闲窗畔，停灯向晓，抱影无眠。

[注释]

①庭轩：庭院里的长廊。

②惹：招惹。

③江关:江河关山。

④蛩:蟋蟀。喧喧:混杂声。

⑤更阑:更尽,指夜深。

⑥绛河:指银河。婵娟:美好貌。

⑦夜永:夜长。

⑧迁延:徜徉,流连自在。

⑨少日:年少之日。

⑩迅景:迅速而过的光阴。

[点评]

　　《戚氏》为柳永创调,全词二百一十二字,在词调中是除《莺啼序》之外最长的一体,可谓长篇巨制。共分三片,抒写行役羁旅,刻画驿馆愁思。篇幅虽然庞大,但用笔极有层次。上片由秋日黄昏之景引入旅思。"晚秋天"二句,点明晚秋时令,微雨初过,庭轩寂静。"槛菊"三句,是庭院之景,秋雨梧桐,西风寒菊,花残叶落,点缀着荒寒的孤馆。而残烟凄迷,漠漠如织,一片"凄然"。"望江关"二句,写庭外远景,正是"关河冷落""残照当楼",一抹孤云在夕阳的映衬下,显得愈发暗淡。"当时"二句,用宋玉悲秋之典,其《九辨》中说:"悲哉!秋之为气也,萧瑟兮,草木摇落而变衰。憭栗兮若在远行,登山临水兮送将归。"千古而下,会心如一。"远道"三句,写孤身行役,内心凄苦,陇头流水潺湲不绝,而游子早已倦闻这幽咽之鸣。"正蝉吟"三句,承前"倦听",仍从所闻着笔。"蝉吟""蛩响",亦是"倦听"之声,但它们又与游子内心凄感相应。一个"应"字,活画出蝉鸣蛩响彼此呼应的秋声,言愁步步深入,词笔极其细致。第二片"孤馆"三句,承上启下,时间由薄暮推移至夜深。"度日如年",苦况可想。"风露渐变",秋已更深,人愈难堪。"悄悄",是孤寂之状。"长天净"四句,写长空云净,银河清浅,皓月澄鲜,清光如练,引动游子思绪绵绵。"夜永"三句,承"思绵绵",转入对旧日情事的追念。"未名未禄"三句,即是"从前"旧事,想当初,虽无功名利禄,却富浪子情怀,红尘紫陌,绮帐灯昏,经岁经年,流连忘返。种种情事一一涌上心头,故第三片换头,即承以对狂放不羁的少年生涯的回忆。"帝里",指繁华富庶、风光无限的汴京,而自己亦正值青春年少,风流放浪,"暮宴朝欢",况且还有一班意气相投的"狂朋怪侣",歌宴酒席,尽情征逐,流连不已。明代沈际飞曾评此数句说:"插字之妥,撰句之隽,耆卿所长。'未名未禄'一段,写我辈落魄时怅怅靡托,借一个红粉佳人作知己,将白日消磨,哭不得,笑不得。"(《草堂诗余别集》)以下"别来迅景如梭"一句,陡然跌落,"旧游似梦",把京华旧事,一笔勾销。词意起伏动荡,开合有致。"烟水程何限",写别后飘然一身,江湖羁旅,烟水茫茫,前途未卜,何等凄凉。笔力千钧,神完气足。"念利名"二句,是全篇主意,身被名缰利锁所牵绊,心则又不可遏制地追念"往事",因此只能"空惨愁颜"。"漏箭移"以下,又回复至此时夜景,夜已渐深,寒气渐浓,那堪又传来数声若隐若现、若断若续的画角哀鸣。窗前一灯孤照,照人愁影,床前天涯倦客,又是整夜无眠矣。以此作结,沉郁警动,声情激越,写尽了孤馆独处的况味。此词音律谐婉,句法活泼,章法尤其显得层次分明,舒卷自如。近人蔡嵩云《柯亭词论》曾对此作了具体分析:"'晚秋天'一首,写客馆秋怀,本无甚出奇,然用笔极有层次。初学词,细玩此章,可悟谋篇布局之法。第一遍,就庭轩所见,写到征夫前路。第二遍,就流连夜景,写到追怀昔游。第三遍,接写昔游经历,仍落到天涯孤客,竟夜无眠情况。章法一丝不乱。惟第二遍自'夜永对景'至'往往经岁迁延',第三遍自'别来迅景如梭'至'追往事空惨愁颜',均是数句一气贯注。屯田词,最长于行气,此等处甚难学。"此词虽体制繁复,却声情并茂,凄怨感人,当时甚至有"离骚寂寞千年后,戚氏凄凉一曲终"(王灼《碧鸡漫志》)的说法,充分说明了它在当世的流传之广及其感染人心的力量。

轮台子

　　一枕清宵好梦,可惜被、邻鸡唤觉。匆匆策马登途,满目淡烟衰草。前驱风触鸣珂①,过霜林、渐觉惊栖乌。冒征尘远况②,自古凄凉长安道。行行又历孤村③,楚天阔、望中未晓。　　念劳生,惜芳年壮岁④,离多欢少。叹断梗难停,暮云渐杳。但黯黯魂销,寸肠凭谁表。恁驱驱、何时是了。又争似、却返瑶京⑤,重买千金笑。

[注释]

①前驱:驱马而行。鸣珂:马勒上的装饰品。

②远况:远行的景况。

③行行:行而又行,驱驰不已。

④芳年:妙龄。壮岁:壮盛之年。

⑤却返:回返。瑶京:指京城。或云指佳人所居之秦楼楚馆。

[点评]

　　这首词在《乐章集》中是一篇颇为典型的羁旅行役之作。晚唐温庭筠《商山早行》诗云:"鸡声茅店月,人迹板桥霜。"此词也写早行,意境仿佛似之,但形容刻画得更为深透。词中提到"楚天",有可能是由汴京到淮南江浙一带的旅途中所作。上片写旅途景物与况味。"一枕"二句,谓好梦被邻鸡唤醒,可见宿于逆旅之中。所谓"好梦",自是在梦中与佳人相会,"镇相随,莫抛躲"之类的情事,正值两情欢悦之时,陡然惊醒,那种惋惜与惆怅之意,自是不可胜言。"匆匆"以下,写旅途情景。"满目淡烟衰草",首先便营造出客途的凄清气氛。"触鸣珂""惊栖乌",语非泛设,都是以动衬静,以少许之声响见出大环境的寂静无声。晏几道《临江仙》词云:"客情今古道,秋梦短长亭。"古往今来,多少失意之人在此路上征尘仆仆,驱驰不已,自己亦未能幸免而已。以感慨收束上片。上片是情自景出,而下片却是景自情显。"行行"二句,谓行役之久,"孤村",谓旅途之寂寞。"望中未晓",写远处楚天,迷蒙一片,也暗含有前途渺茫之意。据南宋胡仔《苕溪渔隐丛话》后集卷三九引《艺苑雌黄》:词人张先见此词,谓"既言'匆匆策马登途,满目淡烟衰草',则已辨色矣,而后又言:'楚天阔,望中未晓。'何也? 柳何语意颠倒如是?"在上片已能看清景物,到下片反说"未晓",自是矛盾之处。因此有人解释说，清晨的曙色由近向远展开，故望中远处尚未晓，亦是一说。实际上文人之辞，大可不必太过较真，姑妄言之，姑妄听之，亦无不可。"念劳生"以下，直抒感慨。先反复两面兼说：一为飘荡之游子，一为京城之佳人。"芳年"，属佳人，"壮岁"，指游子，而皆归于"离多欢少"。"断梗"，复指游子，"难停"，可见漂泊无定准。"暮云"句，再写佳人，盖用江淹《拟休上人怨别》诗"日暮碧云合，佳人殊未来"之意。故黯然魂销，寸寸柔肠，一腔深情，却无人倾诉。"何时了"，厌倦行旅之意显然，把羁旅之情说至极处。"又争似"兜转，表达归京的渴望，希望能与佳人相伴，重享追欢买笑的快乐生活。这种心情在柳词中颇为普遍，由劳倦而转思逸乐，亦是人之常情，似乎不必指责其情趣的低俗。此词上片叙事，下片寄怀，结构上平平无奇，但它和柳永一般羁旅词注重写景不同，全词景物描写并不是特别多，而且几乎都是倦游之情的陪衬，主要是运用了以情、事带出景物的手法，这在柳永词中也是不很常见的，值得注意。

夜半乐

冻云黯淡天气^①，扁舟一叶，乘兴离江渚^②。渡万壑千岩，越溪深处^③。怒涛渐息，樵风乍起^④，更闻商旅相呼，片帆高举。泛画鹢^⑤、翩翩过南浦。

望中酒旆闪闪⑥,一簇烟村,数行霜树。残日下,渔人鸣榔归去⑦。败荷零落,衰杨掩映,岸边两两三三,浣纱游女。避行客、含羞笑相语。　　到此因念,绣阁轻抛,浪萍难驻⑧。叹后约丁宁竟何据⑨。惨离怀,空恨岁晚归期阻。凝泪眼、杳杳神京路⑩。断鸿声远长天暮。

[注释]

①冻云:指将要下雪时凝聚的云层。

②渚:水中沙洲。

③越溪:此指若耶溪,在浙江会稽若耶山下,据说是西施浣纱处,亦名浣纱溪。

④樵风:《后汉书》卷三十三《郑弘传》引《会稽记》云,郑弘上山砍柴,拾得一箭,还给了前来寻找的神人。问何所欲,郑弘说在若耶溪上运柴很艰难,希望早上溪上吹南风,傍晚吹北风。后果然如愿。后世称若耶溪之风为樵风,又叫郑公风。这里有顺风之意。

⑤鹢(yì):一种水鸟。古人常把它画在船头。后世以"画鹢"指代船。

⑥酒旆(pèi):酒旗。

⑦榔:船后靠近船舱的横木。捕鱼时,以木椎敲击,声如击鼓,鱼听见后便不敢动,可以顺利捕捞。

⑧绣阁:闺阁,这里实指闺阁中的佳人。浪萍:随波翻转的浮萍,比喻漂泊无定。

⑨丁宁：即叮咛。何据：无据，无定准。

⑩神京：指北宋都城汴京。

[点评]

　　这首词分为三片，描写了在会稽附近的一次舟行，以抒发羁旅之感。第一片写道途的经历。此句点明时令和出发时的天气：冻云酿雪，初冬的天色略显暗淡。"扁舟"二句，即写离岸启程，笔致潇洒飘逸。以下叙述行程，"渡万壑"二句，谓小舟于激流险滩、奇岩危濑之间，转折急下，以见舟行之远。"怒涛"三句，则波平浪静，风顺人意，风中隐隐传来远处商旅相呼之声，此谓舟行所遇。"片帆"二句，写一帆高挂，乘风疾驶。"泛""翩翩"等字眼，都可见出舟行的轻快急速，而词人独立船头，怡然自得的情状，以及同样轻快的情绪也如在眼前。第二片顺承，写途中见闻，描景如画。"望中"二字，领起全片，所有景致皆自"望中"生发。小舟此时由溪山深处转到江村，只见高挑的酒旗在风中飘闪，村落被炊烟所缭绕，村处点缀着几排霜残叶落的枯树，这是远景；在落日映照的江面上，渔人们结束了一天的劳作，在渔歌和鸣榔声中缓缓而归，这是近景。以下更由远及近，细致描摹。"败荷""衰杨"，皆是秋冬之际的典型物象，但就在如此衰阑萧瑟的氛围中，陡然出现了岸边两两三三的浣纱游女，令人眼明，"避行客"句则写出了她们的羞容娇态。这和周围景物的凄凉、时令的荒寒形成反差极大的对比，使整片的写景灵动生色。但同时这些无忧无虑的少女又牵动了旅途中人的愁绪，让他想起了远方的意中佳人。由此，词意很自然地过渡到了第三片的去国离乡之感。"到此因念"一领，承上启下，触景生情，既怀念闺中佳人，又自伤漂泊无定，当初离别之时，虽有叮咛相嘱、早日归来的约定，但现在终究是无法兑现了。"惨离怀"二句继续铺写，时至岁暮，归期难卜，只能空自抱憾，这是从时间角度而言；"杳杳神京"，归途遥远，只能凝泪长望，这是从空间角度而言。结句以景结情，长天空阔，暮色苍茫，离群的孤雁掠过，凄厉的鸣叫声渐去渐远，欲托雁足传书，亦无可能，同时孤雁的形象无疑也是词人自身孤独寂寞心境的象征。此片前段急管繁弦，针脚细密，后段则疏荡浑灏，纯以神行。

沈祖棻《宋词赏析》中曾说这首词所用字句，"都与浙江有关，足见作者用词的细密，若是囫囵看过，未免有负他的匠心"。用典的浑成而贴切的确是此词的一大特点，这在上片中体现得尤其明显。如"乘兴离江渚"句中的"乘兴"，虽是常见语，实则自有出处，《世说新语·任诞》中记载东晋王子猷居山阴，忽忆好友戴安道，遂连夜冒雪乘船前往剡溪寻访，一夜方至，却造门不前而返，人问其故，曰："吾本乘兴而来，兴尽而返，何必见戴？"这就是著名的"访戴"故事，它的发生地山阴、剡溪都在本词所描写的会稽附近。下面"渡万壑千岩"一句，同样也是化用了《世说新语》中顾恺之称赞会稽山水的名言："千岩竞秀，万壑争流，草木蒙笼其上，若云兴霞蔚。"此外，第二片中的"浣纱游女"，也让读者联想到当年同在若耶溪中浣纱的美女西施。铺叙的细腻是本词另一个主要特点。这首词无奇文，无僻语，纯以精致而有序的铺排来展现。例如第二片"渔人鸣榔归去"以下，与王维《山居秋暝》诗中的名句"竹喧归浣女，莲动下渔舟"，场景极为类似，同样也带有浓厚的田园风味，是词中较早出现的对田园风光的描写。二者相较，一繁一简，对比鲜明，王诗只用五个字来表达的意思，柳词却用了三句十八字，然而并不觉其琐屑冗重，这就是因为它表现得更透彻、更深入、更细腻。同样，第三片中的"绣阁"二句，意思已足，而"叹后约"以下全是渲染铺叙，随着感情的变化，愈发曲折细密。全词骨气清劲，大开大合，是柳永长调中大手笔之作。

安公子

　　长川波潋滟①。楚乡淮岸迢递，一霎烟汀雨过②，芳草青如染。驱驱携书剑。当此好天好景，自觉多愁多病，行役心情厌。　　望处旷野沉沉，暮云黯黯。行侵夜色③，又是急桨投村店。认去程将近，舟子相呼，遥指渔灯一点。

[注释]

①长川：当指淮河。潋滟：水光波动之状。
②一霎：一会儿，表示时间短暂。烟汀：烟雾笼罩的汀洲。
③行侵：渐近。

[点评]

　　此词当是柳永漂泊于江淮一带时的作品，所写的仍是逆旅中的愁苦之情。一部《乐章集》中，这类词数量颇多，但让后人惊异的是，篇篇都很能经得起讽咏，并不令人觉得雷同乏味。这首词上片由景入情，下片却全写行程，并没有花太大的篇幅去描写愁绪而愁绪自见，这是与其他词稍有差异之处。起处四句写景，"长川"即指淮河，"波潋滟"，是春水盈盈之状。"楚乡淮岸"，点明地点，"迢递"，点明羁旅。"一霎"二句，写水中沙洲和岸边青草，春雨染春草，既写出了江南春雨的滋润，又写出了芳草的青翠欲滴。白居易《早春忆微之》诗中虽有"沙头雨染斑斑草，水面风驱瑟瑟波"之句，但白诗尚有春寒之意，而柳词却给人以优美清新、心旷神怡的感受，取景虽一，韵味却别。如此好春，本应拂花寻柳，怡赏春色，但在落魄游子的心中，却全是一片凄苦之意，以下便着重抒发这种哀情。王夫之《姜斋诗话》中说："以乐景写哀，以哀景写乐，一倍增其哀乐。"即是通过情与景失去平衡所造成的巨大张力，来刺激读者的心灵，这种反衬手法往往能收到更好的表情达意的效果。"驱驱"句，总括漂泊生涯，落拓江湖，书剑无成。"当此"二句，以"好天好景"对"多愁多病"，即是反衬之笔。虽有良辰美景，怎奈间关跋涉、身不由己，根本无心赏玩，只能轻易辜负大好春光了。随即逼出"行役心情厌"一句，总束上片，极有分量，表现了主人公厌倦烦躁的神态。下片续写"行役"，但时间已是薄暮。"望处"二句，以"沉沉""黯黯"表明时间的推移，由上片的白昼到下片的黄昏，同时也预示着游子前途渺渺、归期难卜的命运。这又是从正面以景见情的手法。"行侵夜色"，时间进一步推移，已至夜晚时分，亦是投宿之时了。"又是"二字，见出行役途中，宿于荒郊野店，已是屡屡如此，虽然经惯，但还是禁不住厌倦之情,或有意或无意地通过"又是"二字显现了出来。"认去程"三句,以平淡之语写至深之情。或认为"去程"是指这次行役的终点,不确。实则"去程"就是去"村店"之程,只不过是旅途中的一驿而已。"渔灯一点",可见距村落不远。但是就算到了村落旅舍之中,又能如何呢?恐怕最多不过是倒头大睡而已,甚至禁不住这单栖况味而整夜无眠,也未可知。明日又将起程,不知何处才是终点。这个结句和柳永另一首《安公子》词上片结句:"停画桡、两两舟人语。道去程今夜,遥指前村烟树"十分相似,语气虽同一平淡,但似乎此词之中,悲凉凄苦、空虚落寞的氛围更浓郁一些。

八声甘州

　　对潇潇①、暮雨洒江天,一番洗清秋。渐霜风凄紧,关河冷落②,残照当楼。是处红衰翠减③,苒苒物华休④。惟有长江水,无语东流。　　不忍登高临远,望故乡渺邈⑤,归思难收⑥。叹年来踪迹⑦,何事苦淹留⑧。想佳人、妆楼颙望⑨,误几回、天际识归舟。争知我、倚阑干处⑩,正恁凝愁。

[注释]

①潇潇:形容风雨急骤。

②关河:泛指江山。

③是处:处处。红衰翠减:指红花绿叶的凋残枯萎。

④苒苒:同冉冉,缓慢状。物华:美好的景物。

⑤渺邈:遥远状。

⑥归思:指游子思乡之情。

⑦年来:近来。

⑧淹留:久留,指久客他乡。

⑨颙(yóng)望:凝望,盼望。

⑩阑干:即栏杆。

[点评]

　　这是柳词中抒写羁旅情怀的一篇名作。通篇贯穿着一个"望"字。上片是登楼凝眸的望中所见,无论风光、景物、气氛都笼罩着浓郁的悲秋情调,触动着人们的归思。起句劈空而来,俊爽无匹,气魄极大,直有牢笼天地的气象。"渐霜风"三句,以"渐"字领起,在深秋萧瑟寥廓的景象中,表现久滞异地的游子之怀,苍茫浑厚,意境高远。宋赵令畤《侯鲭录》卷七中载苏轼的话:"世言柳耆卿曲俗,非也。如《八声甘州》云:'霜风凄紧,关河冷落,残照当楼。'此语于诗句不减唐人高处。"使得鄙薄柳词的苏轼也不禁叹赏,可见这三句的艺术魅力。"是处"以下,转写眼前风光,悲秋亦复悲己。江水东流,不管花落叶残,亦不管人心中的愁绪,故无语,故无情,故愈悲。上片景中生情,下片则写望中所思,直抒胸臆。"不忍",复又"难收",委婉曲折,见出思归之情的起伏翻腾。"叹年来"二句,自问自叹,自怜自伤。"想佳人"二句,从对面落笔,由自己的望乡想到闺中佳人的望归,缠绵缱绻。这里借用了谢朓《之宣城出新林浦向板桥》诗中的名句:"天际识归舟,云中辨江树。"同时又吸收了温庭筠《梦江南》词中的意境:"梳洗罢,独倚望江楼。过尽千帆皆不是,斜晖脉脉水悠悠。肠断白蘋洲。"想象佳人对自己的迟迟不归已生怨恨了,把本来的独望写成双方关山遥隔的千里相望。结句呼应篇首,申诉自己欲归未得、思念不已之情,但又用"争知我",从对方设想来写自身,似乎在遥遥相望中互通衷款,显得尤为曲折动人。这种设想细微体贴,化实为虚,见出对佳人的关切和知心,人未归而心已归,是深一层的写法,以更见归思之切。

《甘州》本是唐代边地乐曲,属高调,五代毛文锡《甘州遍》中云:"美人唱,揭调是《甘州》。"揭调即是高调。此调凡八韵,故名《八声甘州》,据说当年表演时,每唱一韵,即彩声如雷,一曲终了,喝彩八次。这也可见出此词声韵之美与词意之佳。清代陈廷焯《词则》眉批中谓此词:"情景兼到,骨韵俱高。无起伏之痕,有生动之趣。古今杰构,耆卿集中仅见之作。"这个评价并不过分。从声韵上来看,这首词中双声叠韵等联绵字用得很多,双声如"清秋""关河""冷落""当楼""渺邈""踪迹""颙望"等,叠韵如"长江""无语""阑干"等,这些特殊的字声,增强了曲调的亢坠抑扬,时而嘹亮,时而悲咽,以声写情,表现心绪的起伏不平。而章法的细密、意绪的开合动荡,铺叙展衍等艺术技巧,尤其受到后人的推崇。另外,此词在语言上,既有"渐霜风"三句这样极为雅化的句子,也有"想佳人、妆楼颙望"这样的俗语,虽然有后人认为"佳人妆楼四字连用,俗极,亦不检点之故"(陈廷焯《白雨斋词话》卷五),实际上,雅俗并陈而能俗不伤雅、雅不避俗,这正是柳永词的特色。

竹马子

登孤垒荒凉,危亭旷望①,静临烟渚②。对雌霓挂雨③,雄风拂槛④,微收烦暑。渐觉一叶惊秋⑤,残蝉噪晚,素商时序⑥。览景想前欢,指神京,非雾非烟深处⑦。　　向此成追感,新愁易积,故人难聚。凭高尽日凝伫。赢得销魂无语。极目霁霭霏微⑧,暝鸦零乱⑨,萧索江城暮。南楼画角,又送残阳去。

[注释]

①危亭:高亭。

②烟渚:烟雾笼罩的洲渚。

③雌霓:《尔雅注》:"虹双出,色鲜盛者为雄,雄曰虹;暗者为雌,雌曰霓。"雌霓指双虹中颜色较浅淡的一条,又名副虹。

④雄风:宋玉《风赋》:"清清泠泠,愈病析酲,发明耳目,宁体便人。此所谓大王之雄风也。"此指清爽之风。

⑤一叶惊秋:指秋天始至。《淮南子》:"见一叶落而知岁时之将暮。"

⑥素商:指秋天。商为五音之一,古人认为商音对应秋天。

⑦神京:指汴京。非雾非烟:《史记·天官书》:"若烟非烟,若云非云,郁郁纷纷,萧索轮囷,是谓卿云。卿云见,喜气

也。"故后世以"非烟""卿云"来形容祥云。

⑧霏微:迷蒙貌。

⑨暝鸦:暮归之鸦。

[点评]

　　《竹马子》之调,首见于《乐章集》,当为柳永创调。此词为抒写离情别绪之作,格调沉郁苍凉。或据下阕中"江城""南楼"之语,谓作于湖北武昌,从词中所述景物风光来看,不是没有可能,但现存柳永行迹中并无关于武昌的记载,这种说法目前也只能是一种假设。作于南方倒是可以肯定的,而怀念的对象则是汴京城中的一位歌伎。上片由景入情。起处三句,写登临之地。残壁废垒之上,一座孤亭,"旷望",可见视野的开阔。"荒凉""危""旷"等,都是与人物心境有关、经过精心挑选的字眼。"静临烟渚",写亭下洲渚,笼于风烟之中,见出孤亭之高和环境的静寂。"对雌霓"三句,写天气。"雌霓"本指色泽稍暗的彩虹,在这里只是为了和下面的"雄风"相对,实际上就是指彩虹。"雄风",用宋玉《风赋》之语,指清凉雄健之风。这两个对句,工整流利,气韵清健,给人以开朗阔远之感。"微收烦暑",是"雨"和"雄风"给人的感受,夏日的炎威已渐渐消减,说明这是夏末秋初之时。故而下面"渐觉"三句,就很自然地转写初秋的节候。"渐觉"二字一顿,"一叶惊秋,残蝉噪晚",从个人感受中写出了由夏入秋的时序变化过程,前者是视觉形象,后者是听觉形象。"素商时序",则是上述感受的总括。时令虽只是残暑,但情感氛围却似乎在向深秋靠拢,这也体现了词人心理的一种趋向。"览景"句是一篇之枢纽,"览景"二字,收束上文对景物时令的描写，"想前欢"三字，则引入了情感的抒发过程。于是前述望秋先殒之叶和残蝉凄苦之鸣，就都具有了人格含意，仿佛也成为作者自身命运的一种象征了。"前欢"，既指京城中的佳人，也是指两情相悦的种种欢情往事，而无论是人、是事，对于漂泊江南的游子来说，都如同"神京"那样遥远朦胧、可望而不可即，皆成过眼云烟了。上片过拍这三句，写得曲折委婉，言近旨远。下片"向此成追感"，紧承"想前欢"而来，"新愁易积，故人难聚"二对句，精警无匹。"新愁易积"，暗示着故人难忘、旧愁难排；"故人难聚"，暗示着别离愈久而新愁愈发连绵不断。往复回环，很具有情感表达的深度。"凭高"二句，远承上片之登临，近承下片之"追感"，以"尽日凝伫"之动作体现了"销魂无语"的神情，"赢得"二字，更是无限苍凉感慨之意。"极目"以下五句，以景结情，内心凄苦既无法言表，极目望去，又是一派萧索的秋暮景象，暮霭、归鸦、角声、残阳，这些物象所具有的萧索悲苦的情调，正与主人公销魂痛苦的精神状态相合，游子落寞孤独之情尽显无余。故不得不像柳永另一首《曲玉管》词中所说的那样，"每登山临水，惹起平生心事，一场消黯，永日无言，却下层楼"了，此词更衬以悲咽的画角之声和残阳如血之景，把"销魂"之意写到了极处。此词起、结二处俱是写景，上下片之间抒情。或由景生情，或融情入景，情与景的衔接十分紧密，转接妥帖自然，结构富于变化而意脉流贯。词中的情感抒发也基本上都是虚写，并没有像其他词那样，对于往事或佳人作过于具体的描绘，只是侧重从自己的角度渲染离情和痛苦，因此也显得格调清朗不俗，甚有雅致。

安公子

　　远岸收残雨。雨残稍觉江天暮。拾翠汀洲人寂静①,立双双鸥鹭。望几点、渔灯隐映蒹葭浦。停画桡②、两两舟人语。道去程今夜,遥指前村烟树。　　游宦成羁旅。短樯吟倚闲凝伫③。万水千山迷远近,想乡关何处。自别后、风亭月榭孤欢聚④。刚断肠⑤、惹得离情苦。听杜宇声声⑥,劝人不如归去。

[注释]

①拾翠汀洲:曹植《洛神赋》:"命俦啸侣,或戏清流,或翔神渚,或采明珠,或拾翠羽。"本指拾取翠鸟羽毛做首饰。这里借指女子春日踏青嬉游。

②画桡:指绘有画饰的舟船,这里不过是作为船的代称。

③樯:船上桅杆。

④孤:同辜,辜负。

⑤刚:正、恰。

⑥杜宇:即杜鹃鸟,古人认为其鸣声似言"不如归去",故往往闻杜宇而兴思归之情。

[点评]

此词亦是一首抒发游宦他乡之羁旅愁情的作品。"远岸"二句,写江天雨过,天色已暮。雨已收,方觉"江天暮",则久雨之情状可以想见。因久雨而阻行程,故只能蛰居小舟之中,独自体味抑郁无聊之心情。"拾翠"二句,本写即目所见:汀洲寂寞,鸥鹭栖息。却虚写女子拾翠以作陪衬,以热闹衬冷清,又以鸥鹭之"双双"反衬自己的形单影只。景中已微露情绪,意味深长。"望几点"句,写夜色中的远处景物,几点渔灯,在苇荻岸边,若隐若现。"停画桡"以下,是近处所闻,写船家隔船问答之语,又通过他们的对话,勾勒隐约之中的"前村烟树",用笔洗练而生动,神情口吻如见。下片"游宦成羁旅"一句,是全词主旨,上片所铺写的景物,或隐或显,都在暗示此句,而有此一句,反观上片之设景,顿觉罩上了一层忧郁的色彩。同时下片的情感抒发也全都由此句生出。词人把这句放置于全词的中心位置,实为匠心独运之处。"短樯"句,写闲倚船桅,无聊远望,黯然神伤。"万水"二句,承"凝伫"而来,"万水千山",是眼中所见,"乡关何处",是心中所念。唐代崔颢《黄鹤楼》诗中"日暮乡关何处是,烟波江上使人愁",意境仿佛近似之。"自别后"以下,承接"乡关何处",集中抒写"离情"。"风亭月榭",是当年之欢乐,而如今独处孤舟,虽亭榭依然,但也只能空自辜负良辰美景、风月之夜了,更不用说当年携手同欢之人矣。句中有人,惆怅无尽。本是"离情"正苦之时,又闻声声杜宇之鸣,鸟本无知,却催归情切,正是"恨别鸟惊心",则人之不堪,自在言外。此词以"游宦成羁旅"和"离情苦"为全篇之主干,组织情语景语,用笔层层深入,尤其是下片的直抒离情,音节态度,跌宕生姿,情意深婉而笔力健拔。语言上则摒去香奁艳语和绚烂秾丽的色泽,以深挚之情出之以萧疏淡远之辞。清代邓廷桢《双砚斋词话》中谓此词"通体清旷,涤尽铅华",是很有见地的评价。

倾 杯

　　鹜落霜洲①,雁横烟渚,分明画出秋色。暮雨乍歇。小楫夜泊②,宿苇村山驿。何人月下临风处,起一声羌笛。离愁万绪,闻岸草、切切蛩吟如织③。　　为忆。芳容别后④,水遥山远,何计凭鳞翼⑤。想绣阁深沉,争知憔悴损⑥、天涯行客。楚峡云归,高阳人散⑦,寂寞狂踪迹。望京国⑧。空目断、远峰凝碧。

[注释]

①鹜:野鸭。

②小楫:指小舟。以桨代指船。

③切切:形容声音凄厉细急。如织:也是形容声音的细密。

④芳容:此指佳人。

⑤鳞翼:指鱼雁,古人认为它们可以传书递信。这里就是代指书信。

⑥争知:怎知。

⑦楚峡:指巫峡。高阳:《高唐赋》中所谓阳台。这两句化用巫山云雨之典。

⑧京国:京城。

[点评]

柳永的羁旅行役之词,最擅长于描写秋景,这首词也是一首以秋天景物为背景的游子行吟之作,纡回曲折地反映了客愁之苦与怀人之情。上片着重写雨后夜泊之景。"鹜落"二句,对偶工整而意境清寒,一为江边汀洲之近景,一为天际征鸿之远景;一为翩然飞下,一为横空斜掠,显得堂堂正正,从容整练。清代谭献评这两句说:"耆卿正锋,以当杜诗。"(《复堂词话》)就是指此而言的。"分明画出秋色",即是秋色如画的意思,但倒过来说,便觉得句度有力且韵味十足,平添了几分清冷的秋意。"暮雨"三句,写雨歇之后,小舟夜泊孤村,引出江上行客的形象,行客的满面风霜与秋江暮色相呼应,可见景为人设,渲染出天地间与人内心同一凄清寂寞的感受,音节亦清峭谐婉。"何人"二句,写闻曲生怨。李白《春夜洛城闻笛》诗云:"此夜曲中闻折柳,何人不起故园情。"可见落魄江湖的游子是最禁受不住这幽怨笛声的。此刻主人公独坐在岸边孤舟之中,一轮皓月当空,几许清风徐来,风中陡然传来一缕缕或有或无的深沉哀怨的笛声,怎能不引发他心中的旅愁和思归之情呢? 故而逼出"离愁万绪"一句,点出全词主旨。随即又转而以岸边草丛中的蟋蟀鸣声继续烘托"离愁",切切如织的蟋蟀声是那么的凄厉细急,似乎和人一样,也有着无穷的哀怨。后来姜夔的《齐天乐》中也说蟋蟀声是"哀音似诉,正思妇无眠,起寻机杼",同样亦是以其衬托人的怨情。上片以景起,承以叙事,再以笛声和虫鸣声衬托离愁。特别是后段,语意吞吐回环,曲折委婉,大有传统词论家所谓温柔敦厚之意。下片承"离愁",着重抒写对京城佳人的思忆。"为忆"三句,写思恋之深切。一别音容两渺茫,怎奈水远与山长。纵有如花彩笔,可写相忆情深,却无奈关山阻隔,鱼雁难通。"鳞翼"二字,遥承上片"雁横烟渚"句,自是触景生情之笔。"想绣阁"三句,从对方角度落笔,她深居绣阁之中,怎知自己已是厌倦漂流,为伊憔悴而苦恨难禁矣。这明显是从杜甫《月夜》诗中"遥怜小儿女,未解忆长安"二句化出,托意委婉,忠厚缠绵。"楚峡"三句,用宋玉《高唐赋》中巫山神女之典,暗示对方身份。"云归""人散",都喻示着往昔欢乐之烟消云散,如今孑然一身,踽踽行役,独处孤舟,对月自伤,内心一片凄凉萧索和酸楚况味。"望京国"点醒词意,遥接"离愁万绪"句。末尾两句,以景结情。放眼望去,京华渺渺,唯有连绵不断的远峰,献愁供恨,蜿蜒而去。这里暗用了欧阳詹《初出太原寄有所思》诗中"高城已不见,况复城中人"的句意,复以蕴含深远、萧条清苦的秋山之景,加倍表达了相思之苦和怅惘之情,言虽有尽而意味深远。此词是典型的上景下情写法,脉络分明。而情致之婉笃诚挚,写景之精巧细密,景与情会,在《乐章集》中可谓是不可多得的佳作。

定风波

仁立长堤,淡荡晚风起①。骤雨歇、极目萧疏,塞柳万株,掩映箭波千里②。走舟车向此,人人奔名竞利。念荡子、终日驱驱③,争觉乡关转迢递④。

何意⑤。绣阁轻抛,锦字难逢,等闲度岁⑥。奈泛泛旅迹⑦,厌厌病绪,迩来谙尽⑧,宦游滋味。此情怀、纵写香笺,凭谁与寄。算孟光⑨、争得知我,继日添憔悴⑩。

[注释]

①淡荡:舒缓状。

②箭波:喻湍急的波流。

③驱驱:即驱驰奔走。

④争觉:怎觉。这里是用反问以加重语气。迢递:遥远。

⑤何意:为何。

⑥等闲:随便。

⑦泛泛:漂浮貌。

⑧迩来:近来。谙:熟悉。

⑨孟光:东汉梁鸿妻。鸿贫,为人佣工,每至家,孟光为之具食,举案齐眉,后世传为美谈。孟光也成为贤妻的典范。

⑩继日：日复一日。

[点评]

　　从这首词下片所用"孟光"的典故来看，当是宦游途中思乡忆家、想念妻子之作，这在柳永大量的描写与歌伎交往的词中，倒不是很常见的。上片主要抒写宦游情怀。起句"伫立长堤"，是游子形象的展现，"淡荡"以下四句，是伫立所望之景色。这是一个秋日的薄暮时分，骤雨初歇，一望萧索，岸边的杨柳与水中湍急的波流互为掩映。勾勒出一幅萧瑟凄清的秋色图，暗示了游子凄凉落寞的心境。"走舟车"以下四句，由景入情，是游子面对这片秋色时心中之所思。"人人奔名竞利"，与柳永《归朝欢》中"往来人，只轮双桨，尽是利名客"句意相同，都是游子在宦游途中产生的人生感慨，自己与那些"往来人"一样，都是为了区区功名利禄，而不得不奔走道途，驱驰不已，离故乡越来越远。唐代崔颢的《黄鹤楼》诗中"日暮乡关何处是，烟波江上使人愁"之句，正可以恰当地表达游子此刻的心情。下片将羁愁与思乡之情打并一气。"何意"二字一领，是虚转之笔，由游子情怀转入对家中妻子的思忆。"绣阁轻抛"，是后悔当初的轻易分别，"锦字难逢"，是别后音信不通的烦恼，"等闲度岁"，是悔意与烦恼交织而产生的惆怅心理。"奈泛泛"两句，是对"等闲度岁"的进一步铺写，"奈"，也即是怎奈的意思，用反问句以加强语气。"迩来"二句，总结以上种种情绪，皆以一"宦游滋味"概括之，而此滋味对于游子来说，已是尝遍。"此情怀"二句，从己方落笔，分两层来说，这种情怀，"剪不断，理还乱"，难以用文字表达，此为第一层；而即使能够写成"香笺",也无人代寄,终是不能使亲人了解自己的心情,这是第二层,同时也呼应了上文的"锦字难逢"句意。"算孟光"二句,以对妻子心情的悬想作结,从对方落笔,正因为音信不通,锦字难逢,故而无法让对方知道自己此时的相思之情,更见不到自己日复一日增添的憔悴之态了。此词以写情为主,景为情设,结句也不像一般词那样注意以景结情,而是以带有悲剧氛围的感慨作结。本是简单的思乡忆亲之意,在柳永笔下却写得繁复曲折,层层转下,抒情直露而笔法多变,正是柳词长技。

四时节序

灯月阑珊嬉游处

倾杯乐

禁漏花深，绣工日永，蕙风布暖①。变韶景、都门十二，元宵三五，银蟾光满②。连云复道凌飞观③。耸皇居丽，嘉气瑞烟葱蒨④。翠华宵幸⑤，是处层城阆苑。　　龙凤烛、交光星汉。对咫尺鳌山开羽扇⑥。会乐府两籍神仙，梨园四部弦管⑦。向晓色、都人未散⑧。盈万井、山呼鳌抃⑨。愿岁岁，天仗里、长瞻凤辇⑩。

[注释]

①禁漏：即官中之漏。漏为古代一种计时器。蕙风：即和风。

②韶景：春日美景。三五：农历十五，此指正月十五元宵节。银蟾：比喻月亮。相传月中有蟾蜍，故云。

③复道：高楼间架空的通道。飞观：飞阁，高阁。

④葱蒨：本指草木茂盛，此指气象旺盛。

⑤翠华：天子之旗，这里指代皇帝。幸：帝王所至谓之幸。

⑥鳌山：宋时元宵夜放花灯，叠成山状的巨型彩灯，名鳌山。

⑦乐府：指教坊。两籍：宋代的东西两教坊。参见点评中所考。神仙：指教坊中的乐工歌伎。梨园：唐玄宗创设教坊，其中的乐工号皇帝梨园弟子，故后以梨园指教坊等掌俗乐的机

构。四部：宋代教坊分大曲、法曲、龟兹、鼓笛四部。

⑧向：接近。此句谓天已渐晓。

⑨万井：形容京城地域之广、人口之多。山呼鳌抃：山呼是古代臣对君祝颂的礼节。鳌抃为鳌戴山抃的缩写，上古传说东海仙山皆由巨鳌承载。抃，本指两手相击。此处指欢欣拥戴。

⑩天仗：皇帝的仪仗。瞻：观看。凤辇：皇帝的车驾。

[点评]

　　这是一首描写京城元宵盛景的作品，不过和下一首以大开大合的如椽巨笔，极力铺叙汴京的富庶和都人争闹元宵的繁华场面有所不同的是，此词侧重写宫廷盛况和皇帝出巡与民同乐的场景。起句"禁漏花深"，即点到宫禁，先写花发，喻示着春天来临。"绣工"，形容春色如锦上刺绣，花团锦簇。"日永"，谓白日渐长，正是春来节候。"蕙风"句，写春风驼荡，和气送暖。这三句无非是写春到人间，却以宫禁为特殊的背景，从百花、春色、春风分三层来写，可见柳词铺叙之细腻。"都门"三句，拍合到元宵佳节。旧长安城一面三门，四面共十二门，故云"都门十二"，实际上宋代汴京已不止十二门，这里是用来借指皇帝所居的宫城。因此"连云"以下五句直至上片结句，都是在描写宫城的壮丽。在清亮的月光下，复道连云，凌空高耸，雄伟壮丽。这两句有可能是受到杜牧《阿房宫赋》中"复道行空，不霁何虹"句的启发，不过也未必是实用其典，毕竟用奢丽豪华的阿房宫来比拟本朝的皇宫，并不是很恰当的。"嘉气"句，谓佳气旺盛，暗含有对繁荣太平、国运长久的祝福之意。"翠华"句，写到皇帝出巡,玩赏天上月色和人间灯火。"层城阆苑"本来都是神话中的地名,汉代张衡《思玄赋》中说:"登阆风之层城兮,构不死而为床。"后世常用来指代宫苑,如南朝庾肩吾《山池应令》诗中亦云:"阆苑秋光暮,水塘牧潦清。"下片续写皇帝赏灯情景。"龙凤烛",自然是皇家物品,"交光星汉",谓烛光与星汉争光,既是元宵之景,也是皇家气象。"对咫尺"句,写观赏鳌山彩灯,"会乐府"二句写鳌山前弦管歌舞之盛。"两籍",或谓指官妓与民妓,或谓指郊祀之神太一和后土,皆不确。据宋赵昇《朝野类要》卷一以及孟元老《东京梦华录》卷二所载,北宋分东、西两教坊,"两籍"即指此而言。"四部",或谓指唐玄宗时教坊四部:龟兹部、大鼓部、胡部、军乐部。或谓指金石丝竹四类乐器,亦皆误。据《宋史·乐志》、陈旸《乐书》以及《宋会要》职官二二所载,北宋教坊分四部:大曲部、法曲部、龟兹部、鼓笛部,柳词中的"四部"分明是指本朝典章,不必远引唐朝典实以证。这两句历来理解多有讹误,故稍加辨明。关于宋代皇帝元夕观灯的盛况,可以参见以下几段记述。《大宋宣和遗事》载:"皇都最贵,帝里偏雄。皇都最贵,三年一度拜南郊。帝里偏雄,一年正月十五日夜。州里底唤作山棚,内前的唤作鳌山。从腊月初一日直点灯到宣和六年正月十五夜。为甚从腊月放灯,盖恐正月十五日阴雨,有妨行乐,故谓之预赏元宵。怎见得,有一只曲儿唤作《贺圣朝》:'太平无事,四边宁静狼烟杳。国泰民安,漫说尧舜禹汤好。万民矫望,景龙门上,龙灯凤烛相照。听教杂剧喧笑,艺人巧……'"而《东京梦华录》说得更为详细:"正月十五元宵,大内自岁前冬至后,开封府绞缚山棚,立木正对宣德楼。游人已集,御街两廊下,奇术异能,歌舞百戏,鳞鳞相切,乐声嘈杂十余里……西北悉以彩结山,上皆画神仙故事,或仿市间卖药卖卦之人。横列三门,各有彩结、金书、木牌。中曰都门,道左右曰左右禁卫之门,上有大牌曰:'宣和与民同乐'。彩山左右以彩结文殊、普贤跨狮子、白象,各于手指出水五道,其手摇动。用辘轳绞水,上登山尖高处,用木柜贮之,逐时放下如瀑布状。又于左右门上,各以草把缚成戏龙之状,用青幕遮笼,草上密置灯烛数万盏,望之蜿蜒如双龙飞走。"后来南宋时在临安(今杭州)依然沿用了这些风俗,如《乾淳岁时记》云:"元夕二鼓,上乘小辇,幸宣德门,观鳌山。山灯凡数千百种,其上伶官奏乐,其下为大露台,百艺群工,竞呈奇技,缭绕于灯月之下。"周密在《武林旧事》中也有更细致的记载。"向晓色"二句,写天虽渐晓,而依然人山人海,可见已是彻夜之游。万众欢腾,山呼万岁的景况,如在眼前。结句以祝愿收束,在这类带有应制性质的作品中自是常见,但同时也反映了百姓对盛世的热切颂扬和对太平安乐的企盼,还是很有时代特征的。此词曾传入宫禁,叶梦得《避暑录话》卷下云:"永初为上元辞,有'乐府两籍神仙,梨园四部弦管'之句,传入禁中,多称之。"宋代范镇曾说仁宗四十二年太平,一于柳词见之,像这类词就是典型的代表。

归去来

初过元宵三五。慵困春情绪①。灯月阑珊嬉

游处^②。游人尽、厌欢聚^③。　　　凭仗如花女^④。持杯谢、酒朋诗侣。余酲更不禁香醑^⑤。歌筵罢、且归去。

[注释]

①慵困:指倦怠。

②阑珊:衰落、零落。

③厌:满足。

④凭仗:凭借、靠。

⑤余酲:余醉。酲:指酒醉后神志不清。香醑(xǔ):美酒。

[点评]

　　和前两首描写元宵佳节重在全景式地勾勒京城盛况不同,此词却是从个体的角度,主要写与繁华热闹相对的寂寞慵困的情绪。起句"初过元宵三五",点明节序,让人立即联想到"东风夜放花千树"的景象。然而下面却马上就承以"慵困春情绪"一句,把想象中的元宵之景一笔抹倒,代之以倦怠烦闷而又百无聊赖的心理氛围。"灯月"二句,再回过头来略写外面游人欢聚的景况。这样就使短短几句之中,顿生起伏动荡,试把"慵困"句移至"厌欢聚"句之后,便觉不如人意了。这正是柳永所擅长的以慢词写小令的笔法。下片"凭仗"二句,谓无心赏玩,亦无心再饮。可见并非寂寞无侣,只是因为内心有所牵萦而已,但仍出之以淡淡的"余酲更不禁香醑"一句,谓隔夜酒醉未醒,不堪再纵情而饮了。"歌筵罢、且归去",以落寞情怀作结,但又不失气度潇洒,颇有一点"我醉欲眠君且去,明朝有酒还复来"的神韵。从全词流露的情绪来看,词中的这位主人公,因内心的"慵困"而宁愿独自咀嚼寂寞,但究竟内心所牵系者为何物,是远方佳人,还是飘零意绪,还是无法说清的闲愁,却始终不肯明言,留下了许多想象的空间让读者去猜测。语虽直露而意犹未尽,在一定程度上显现了小令和慢词的过渡性特征。

长寿乐

繁红嫩翠。艳阳景,妆点神州明媚①。是处楼台②,朱门院落,弦管新声腾沸。恣游人、无限驰骤③,骄马车如水④。竞寻芳选胜,归来向晚,起通衢近远⑤,香尘细细。　　太平世。少年时,忍把韶光轻弃。况有红妆,楚腰越艳⑥,一笑千金何啻⑦。向尊前、舞袖飘雪,歌响行云止⑧。愿长绳、且把飞乌系⑨。任好从容痛饮⑩,谁能惜醉。

[注释]

①神州:指京城。

②是处:处处。

③无限:这里有无拘无束的意思。

④车如水：即车如流水，谓车马众多，往来不绝。

⑤向晚：近晚，临晚，指黄昏。通衢：四通八达之道路，这里指京城的街道。

⑥楚腰：指女子的纤腰。参见《斗百花·满搦宫腰纤细》词注①。越艳：指西施。这里都是用来泛指美女。

⑦何啻：何止。

⑧歌响行云止：用响遏行云的典故。参见《昼夜乐·秀香家住桃花径》词注②。

⑨飞乌：古代传说太阳中有三足神乌，故云。这里指代太阳。

⑩任好：犹言便好，即好。

[点评]

这首词写春光，同时也写出了赏春的兴致，具有浓郁的市民生活风味。起句"繁红嫩翠"，谓花已渐繁，草色葱绿，正是春光的体现，用在篇首，醒人耳目。"艳阳景"二句，景通影，指阳春时分和煦的日光，将京城内外装点得一片明媚。短短三句，便把春日氛围烘托得热闹非凡。"是处"句以下，则是从游人活动的角度继续铺叙这种氛围，和柳永其他一些写春光的词着重写郊野踏青不同，此词关注的是京城中的气氛。处处楼台，家家院落，皆是歌吹沸天。新声，即是新创制之曲，正如柳永《木兰花慢》词中所云："风暖繁弦脆管，万家竞奏新声。"这是赏春的环境背景，"恣游人"二句，直接写赏春的盛况，但见车如流水，马如游龙，游人们寻芳赏翠，无拘无束地驰骤于街市巷陌之中。"竞寻芳"四句，是薄暮时分的景况，由"艳阳景"到"向晚"，暗示了时间的推移，说明已是整天的狂欢。游人已归，留下香尘满路，又是从细节处描写这种盛况。上片写春天来到引发人的游春兴致,下片则抒发感慨,这种感慨仍是由游春而来。"太平世"三句总写,时当盛世,人属少年,正应及时行乐,怎忍把如此美好的时光轻易辜负?"况有"三句递进一层,谓何况有倾城佳人为伴,令少年人一掷千金,追欢买笑,这何尝不是"韶光"的一种体现。"向尊前"二句,写佳人丰采。"舞袖"句写其舞姿,长袖飘飘,恍如白雪飞旋;"歌响"句写其歌喉,精美清亮,直欲响遏行云。在这种欢乐时分,真希望能有长绳系住西行的太阳,让时光永驻,让欢乐永存。这正是一个开怀痛饮的时候,何妨一醉呢!这首词所表达的意思其实也并不复杂,用两句话就可以概括:上片写春光美好,下片写及时行乐,却层层转下,细细道来,便令人觉得委婉曲折、意蕴丰厚,这就是所谓铺叙之工的体现了。这种把握韶光、及时行乐的心理,正是典型的市民心态的表现,对他们来说,建功立业太遥远,修身养性太清苦,享受现世的欢乐才是最实在的。因此对柳永的这类词,便不能仅仅从传统的文人士大夫的审美情趣出发,去指责其中强烈的世俗气息,而应把它作为对当时一个阶层人们的心理表达来观照,去体验和认识时代及社会心理的变化给文学带来的影响。

内家娇

煦景朝升①,烟光昼敛,疏雨夜来新霁。垂杨艳杏,丝软霞轻②,绣出芳郊明媚。处处踏青斗草,人人眷红偎翠③。奈少年、自有新愁旧恨,消遣无计。　　帝里。风光当此际。正好恁携佳丽。阻归程迢递。奈好景难留,旧欢顿弃。早是伤春情绪④,那堪困人天气。但赢得⑤、独立高原,断魂一饷凝睇⑥。

[注释]

①煦景:春日和煦的阳光,这里指春天的旭日。景,同影。

②丝软:指柳枝袅娜。霞轻:喻杏花艳丽如霞。

③眷:留恋。

④早是:又作早为、早来,都是已是的意思。

⑤赢得:落得。

⑥一饷:表示时间之辞,或指时间短暂,或指时间长久,这里是长久的意思。凝睇:犹言凝伫,指凝神远望。

[点评]

　　此词也是一首羁旅途中的伤春之作。起处"煦景"三句,写清晨景色,夜雨新霁,煦日朝升,黎明时分的淡烟薄雾在阳光的照射下,渐渐散去。一片清倩之景。"垂杨"三句,选取了最富于春天色彩的两种景致来表现春意,一是在春风中婆娑袅娜、轻舞飞扬的柳枝,一是绚烂如朝霞的艳丽杏花,柳枝新嫩,故用"软"字来形容,杏花浅红,故用"轻"来形容,用语十分贴切。两种景致,已将春光描摹殆尽,故下句收束,总写郊野明媚如锦绣天成。以上都是纯粹的写景,"处处"二句,引入踏青游春之人,"眷红偎翠",既可以理解为对花红草翠之美景的留恋,自然也可以理解为才子佳人在春光引动下的情致缠绵。春光如此美好,心情本应轻快,然而对于浪迹天涯的游子来说,却反而牵动了其"新愁旧恨",涌上心头,无法排遣,无法消解,这就是以乐景衬哀情的反跌手法。上片由景入情,由明媚的春光写到游子的"新愁旧恨",下片则承接这种"新愁旧恨",直抒感慨。首先由此地的春光联想到京城之风光,再想到如果自己不是在外漂泊,也定当在京城中与佳人为伴,共同赏春,那是多么温柔旖旎的风光。"阻归程"句又一笔兜转,非常冷静而清醒地意识到归路迢迢,欲归无计,这正是游子痛苦的根源。"奈好景"二句,的确是无奈之语,所谓"好景",既实指眼前春光,又是暗指当年与"旧欢"相聚的美好时日。"早是"二句,谓心绪不佳,天气困人。"但赢得"二句,勾勒出一幅孤独的游子凝神远望之图,以具有强烈画面感的描写作为全词的结束。这几句都属于清代刘熙载所谓点染手法,"阻归程"句是点明主旨,然而分三层尽情铺叙,一是无奈的感叹,一是对景伤怀,一是虽伤怀仍忍不住长久伫立,淋漓尽致地表达了游子的伤感情怀。全词不仅写景精细,用笔尤其婉曲多变,最能体现柳词铺叙展衍的表现手法。

木兰花慢

拆桐花烂漫^①，乍疏雨、洗清明。正艳杏烧林，缃桃绣野^②，芳景如屏^③。倾城。尽寻胜去，骤雕鞍绀幰出郊坰^④。风暖繁弦脆管，万家竞奏新声。

盈盈^⑤。斗草踏青。人艳冶、递逢迎。向路傍往往，遗簪坠珥^⑥，珠翠纵横^⑦。欢情。对佳丽地，信金罍罄竭玉山倾^⑧。拚却明朝永日^⑨，画堂一枕春醒^⑩。

[注释]

①拆：绽裂，指花蕾绽开。

②缃桃：子叶桃。缃为嫩黄色。

③屏：屏风。此指屏风上的彩画。

④雕鞍：指马。绀（gàn）：红青色。幰（xiǎn）：马车的车幔。坰（jiōng）：远野。郊坰，即指郊野。

⑤盈盈：本指姿态美好状，此指美女。

⑥簪：发簪。珥：耳环。

⑦纵横：指散落满地之状。

⑧金罍：指酒杯。罄：尽。玉山倾：《世说新语》中谓嵇康"其醉也，伟俄若玉山之将崩"，后世遂以玉山倾或玉山倒形容

酒醉。

⑨拚(pàn)却:甘愿。

⑩酲:病酒,醉酒。

[点评]

　　这是一篇以清明时分的郊野景况为描写对象,展示了北宋承平气象的作品。在唐代诗人眼中,"清明时节雨纷纷,路上行人欲断魂",然而在柳永笔下,却是一派旖旎春光和游春盛况。起笔五句勾勒景物,"拆"字有味,且极有力,元代沈义父《乐府指迷》中说:"第一句,不用空头字在上,故用'拆'字,言开了桐花烂漫也。"空头字,即虚字,用实字领起全篇,有劲挺的骨感。这也就是词家所谓"起处不宜泛写景,宜实不宜虚"(况周颐《蕙风词话》卷一)之意。"烂漫"二字,形容桐花的光彩,随即以"乍疏雨、洗清明"六字,点出节候特征,"洗"字也很见匠心,绘出清新温润的雨后景象。"艳杏"二句是铺叙,以画面感极强的鲜明色泽渲染春天的声势,笔酣墨饱。"芳景"句收束,"屏",指画有秀丽景色的屏风。此二十四字写景,也确有画中意味。自"倾城"以下,直至下片"珠翠纵横"句,贯通上下片的都是对都会仕女清明踏青之盛况的描述。倾城出游,万人空巷,探春嬉乐,人则摩肩接踵,车则络绎不绝,春风骀荡,弦管悠扬,新声新曲,耳不暇接。其中"倾城"三句平叙事实,"风暖"两句则又是铺叙,由此可见柳永词也是十分讲究词意和层次的错落的。如果说,这段描写主要是从总体着眼的,随后的下片则转为富于象征意味的细节刻画:那些体态盈盈的盛装女子,欢笑着,嬉闹着,似有意、似无意地展现着她们清丽的容光和艳冶的神态，同时，她们掉落在路旁的"遗簪坠珥"，不知道又牵起了多少年少人的遐想，而这一切又全都是在明媚春光的背景下，也就越发引起人的"欢情"了。词意转而拍合到自身，南朝谢朓的《入朝曲》中说"江南佳丽地，金陵帝王州"，故此"佳丽地"往往便成为金陵、苏州、杭州这些江南都会的代名词了。柳永此词虽未必能确指何处，但所写为江南春景是可以肯定的。如此春光，本就令人迷醉，怎能不畅怀酣饮呢？且醉，且醉，哪怕明朝画堂沉睡！或以为此数句仍是写踏春女子的欢饮，但"玉山倾"这个典故似从无用于女子者，故不取之。词意至此，已把游春盛况写到了极致。这种沉醉于享乐而忘怀一切的狂欢情绪，完全不是颓废空虚的体现，相反是对春天之美好、生活之欢乐的体验，词中洋溢流荡的是愉悦的人生情感，是生机盎然的春之旋律，而这正是富庶繁盛的太平气象。从结构上来看，此词和一般的双调词有所不同，它打通上下两片，以清明景象起，以个体情感体验终，中间大段则一气贯注地全力刻画游春之盛，笔势舒展，开合有致，铺陈始终，形容曲尽，颇有点类似于六朝小赋的表现手法，而这正是柳词善用"赋笔"的特点。在音律上，此词也是很耐玩味讽咏的，如"倾城""盈盈""欢情"三短句，俱押韵，近人蔡嵩云《柯亭词论》谓此三韵"均作一顿，极有姿致……最能发调"，从词意来看，这三个短句也的确都是引发下文的关键之笔，所以前人说此词"得音调之正"（吴师道《吴礼部词话》），后来辛弃疾作《木兰花慢》四首，这三处都不押韵，在词律的韵律上便不如柳永了。

女冠子

　　淡烟飘薄。莺花谢①、清和院落②。树阴翠、密叶成幄。麦秋霁景③，夏云忽变奇峰、倚寥廓。波暖银塘，涨新萍绿鱼跃。想端忧多暇，陈王是日④，嫩苔生阁。　　正铄石天高，流金昼永⑤，楚榭光风转蕙⑥，披襟处、波翻翠幕。以文会友，沉李浮瓜忍轻诺⑦。别馆清闲⑧，避炎蒸、岂须河朔⑨。但尊前随分⑩，雅歌艳舞，尽成欢乐。

[注释]

①莺花：莺、花皆为春天特有的景物，因以代指春色。

②清和：俗称农历四月为清和月。宗懔《荆楚岁时记》："四月朔为清和节。"

③麦秋：指农历四月。麦以四月始熟。《礼记·月令》："孟夏之月……麦秋至。"

④端忧：处于忧愁之中。陈王：三国时曹植的封号。

⑤铄石、流金：形容天气炎热，能使金石融化。

⑥光风：指雨止之后使草木增光色的风。转蕙：指微风摇动蕙兰，传播芳香。蕙兰于春末夏初开花，故云。

⑦沉李浮瓜：将瓜、李浸于水中，取其凉意，食以去暑。

⑧别馆：别墅。

⑨炎蒸：指酷暑。河朔：指黄河以北地区。

⑩随分：随意。

[点评]

　　这是一首描写农历四月初夏景色的作品。起句"淡烟飘薄"，虚写景物。"莺花谢"，写莺歌花谢，说明春天的消逝，"清和院落"，点明时令已为初夏，是以景色衬托时令。"树阴翠"句，亦是初夏特有之景，树色由春天的青色转为翠绿，树荫也愈发浓密起来，如同撑开的帷幄。"夏云"句，出自东晋顾恺之"夏云多奇峰"之语，唐代诗人李益也有"石色凝秋藓，峰形若夏云"的诗句，但词中用上"忽变"二字，顿时显得更为灵动，表现了夏云形状变幻莫测的神奇景象，再以"倚寥廓"三字，勾勒天色的空阔无边。这两句是仰观遥望之景，"波暖"二句，则是俯视近观之物象，池塘水暖，新萍涨绿，鱼儿往来跃动，这可能是化用了唐代许浑《陪王尚书泛舟莲池》诗中"水暖鱼频跃"之句。"想端忧"三句，语出谢庄的《月赋》："陈王初丧应刘，端忧多暇，绿苔生阁，芳尘凝榭。"本来是说曹植在好友应玚、刘桢死后，无复宴饮娱乐之乐，以致绿苔生、芳尘凝。这里是借用来指春天可以日日游从赏玩，而夏天炎热，无心出游，"嫩苔生阁"，说明往来人少。故下片换头即接以对苦热天气的描写。"正铄石"二句，语出《淮南子·诠言训》："大热，铄石流金，火弗为益其烈。"是形容天气炎热得可以将金石融化。"天高"，说明千里无云，骄阳似火；"昼永"，说明夏日漫长，一片酷暑。"楚榭"二句，融合了两个典故，《楚辞·招魂》："光风转蕙，氾崇兰些。"东汉王逸注:"光风,谓雨已日出而风,草木有光色。转,摇也。氾,犹汎,摇动貌也。崇,充也。言天霁日明,微风奋发,动摇草木,皆令有光,充实兰蕙,使之芬芳而益畅。""楚榭""披襟"之语又是出自宋玉的《风赋》,其中说楚王登台,有风自南来,楚王披襟而当之,曰:快哉此风! 这里都不过是借用来指夏日的凉风而已。"以文会友",是谓通过文字,结交朋友,语出《论语·颜渊》:"曾子曰:君子以文会友,以友辅仁。""沉李浮瓜",则出自曹丕的《与朝歌令吴质书》:"浮甘瓜于清泉,沉朱李于寒水。"后世成为消夏游乐的习语。这两句是表达欲与朋从游乐之意。"别馆"二句,谓不须远赴河朔以避酷暑,在此别馆之中,自有清凉世界。"但尊前"三句,接着说只须在此歌宴欢会之中,欣赏"雅歌艳舞",这种欢乐便足以令人忘记天气的炎热。此词以细致的写景为主,在结尾处微露行乐之意,景色的渲染和意绪的表达都还比较周到。不过,全词典故用得实在太过繁杂,正如清代黄苏评柳永《望远行·长空降瑞》一词所云:"用前人意思多,总觉少独得之妙句耳。"仿佛一个大脚村姑,极力模仿三寸金莲的走路姿势,反而更令人觉得她的扭捏作态。倒是最后"但尊前"几句,还有些柳词的自家面目。

二郎神

炎光谢①。过暮雨、芳尘轻洒②。乍露冷风清庭户,爽天如水,玉钩遥挂③。应是星娥嗟久阻④,叙旧约、飙轮欲驾⑤。极目处、微云暗度,耿耿银河高泻⑥。　　闲雅⑦。须知此景,古今无价。运巧思、穿针楼上女⑧,抬粉面、云鬟相亚⑨。钿合金钗私语处⑩,算谁在、回廊影下。愿天上人间,占得欢娱,年年今夜。

[注释]

①炎光:指夏日骄阳。谢:消歇。

②芳尘轻洒:即轻洒芳尘的倒文,指雨润轻尘。

③玉钩:如钩的弦月。

④星娥:指织女。

⑤飙轮:御风而行之车。指织女所乘的仙车。

⑥耿耿:星光明亮状。

⑦闲雅:闲静幽雅。

⑧"运巧思"句:古代风俗,妇女们于七夕之夜,结彩楼,穿七孔针,陈瓜果于庭中,向天上的织女乞求巧手、巧智,称为乞巧。

⑨云鬟:指女子如云的发鬟。亚:低垂。

⑩"钿合"句:白居易《长恨歌》云:"惟将旧物表深情,钿合金钗寄将去……七月七日长生殿,夜半无人私语时。"本指唐玄宗与杨贵妃的爱情故事,这里借指七夕之夜的男女相约。

[点评]

　　这是一首咏叹七夕的节序词,节序词和咏物词一样,既要求著题,又须有生发的余地,此词即是将这两者巧妙结合,将澄洁的意象与美好的祝愿融为一体。上片着眼于天际,选择了黄昏微雨、凉露清风、新月薄云、碧天银汉等一系列物象,集中突出秋夜的高爽。而七夕又是牛郎织女鹊桥相会的佳期,于是在写景之中,很自然地引入了这个美丽动人的传说。"天如水"一句,暗用唐代杜牧的《秋夕》诗"天街夜色凉如水,卧看牵牛织女星",已是微透牛郎和织女故事,"星娥嗟久阻"二句则直说,切入正题,"飙轮欲驾",可见久别之情切。以下通过隐蓄不发的象征手法加以暗示,"微云暗度",写织女赴约;"银河高泻",谓鹊桥重逢。实景与神游交织,虚实动静,互为映衬。下片则着眼于人间,"闲雅",一声感慨。"须知"二句,虽直率,却深透。何以酬此无价之夜?以下即分写妆楼上、庭院中穿针乞巧的女子和回廊月影下私语定情的情人们。结句以"愿天上人间,占得欢娱,年年今夜"收束全篇,以朴素之语传达出真挚的祝愿。所谓"欢娱",既是"愿天下有情人皆成眷属"的美好祝福,同时也何尝不是对此朗月清风之秋宵的赞赏。一般的七夕之作,常常以牛郎织女故事为中心,如《古诗十九首》中"迢迢牵牛星"一诗,即重在表达对牛郎织女"盈盈一水间,脉脉不得语"之悲剧命运的伤感;后来秦观的名作《鹊桥仙·纤云弄巧》一词,则以"两情若是久长时,又岂在朝朝暮暮"来颂扬爱情的坚贞。而柳永此词却一反七夕之作中常见的感伤情调,天上的仙子和人间的普通小儿女在词中具有了相通的情感,以意象的层层推移展现了对天上人间共通的幸福情景之遐想。这首词尽管语句较为清雅,与柳永其他的俗词有所不同,但其中的情趣和格调却纯粹是人间化的,这从一个方面也说明了柳永词贴近市井民间的气息和创作姿态。

应天长

　　残蝉渐绝。傍碧砌修梧①，败叶微脱。风露凄清，正是登高时节②。东篱霜乍结。绽金蕊③、嫩香堪折。聚宴处，落帽风流④，未饶前哲⑤。　　把酒与君说。恁好景佳辰，怎忍虚设。休效牛山⑥，空对江天凝咽。尘劳无暂歇。遇良会、剩偷欢悦⑦。歌声阕。杯兴方浓⑧，莫便中辍⑨。

[注释]

①碧砌：碧石台阶。修梧：修长的梧桐树。

②登高时节：古代重阳（农历九月九日）时有登高的风俗。

③金蕊：指金黄色的菊花蕊。

④落帽风流：据《晋书》卷九八《孟嘉传》载，大将军桓温于九月九日设宴于龙山，招幕僚共饮。时孟嘉任桓温的参军，宴中风吹帽落，嘉不觉，仍饮。桓温使左右勿言，欲观其举止。良久，嘉如厕，温令取还之，并命孙盛作文嘲之，置于嘉座上。嘉返，见文，即著文答之，文辞甚美，四座嗟叹。此事被后人视为名士风流之举。"龙山落帽"也成了与重九登高相关的著名典故。

⑤未饶：未逊。前哲：前贤。

⑥牛山：春秋时齐国山名。《晏子春秋·内篇谏上》："(齐)景公游于牛山，北临其国城而流涕曰：'若何滂滂去此而死乎。'艾孔，梁丘据皆从而泣，晏子独笑于旁。""牛山落泪""牛山沾衣"后来便成为登高伤怀的典故。

⑦良会：高会。剩偷：犹言多享。

⑧杯兴：即酒兴。

⑨中辍：中断，中止。

[点评]

这是一篇兴致浓酣的重九登高之作。起处由景物入手，勾勒秋日氛围。"残蝉渐绝"，以物候见出时令，盖"寒蝉凄切"尚是初秋，而此时蝉声渐绝，自是秋色已深时的景象。"傍碧砌"二句，写梧叶飘黄，随风坠落，也是富于秋意的物态。"风露"句收束，蝉鸣叶落，都是凄清之景。但这几句写秋色，写得虽然凄清却并不凄惨，不是像宋玉悲秋那样一片萧瑟肃杀之气，而是一幅较为清淡闲远的秋容图，这和下文的情绪是相应的。"正是登高时节"一句，点到正题。以下用了两个典故，将眼前实景与往古风流联系起来。"东篱"二句，写黄菊，是重阳当令之物，而又令人联想到陶渊明的名句"采菊东篱下，悠然见南山"，它使得东篱与黄菊从此有了天然的因缘，后来李清照《醉花阴》词中"东篱把酒黄昏后"，也是用此意。东篱黄菊，傲霜而放。"金蕊"，写其颜色和姿态，"嫩香"，写其娇弱和幽香。"嫩香"二字，也很值得玩味，因为菊花的香味不像其他花卉那么浓郁，而是淡淡的幽香，有意去闻，未必能感觉到，然而不经意之中，却往往"有暗香盈袖"，因此古人常常以菊花比拟高洁孤傲的人品。"聚宴"三句，用孟嘉落帽之典，是兴致高昂的表现，所谓"未饶前哲"，正是有着一股今更胜昔的豪情。上片由景物写到重阳高会，下片则全作议论劝慰之语。"把酒"句一领，领起下面的议论。良辰美景，不应虚设，不可错过。不必效法古人那样登高伤怀，因为伤怀本身，亦属空幻。"尘劳无暂歇"一句，是下片之骨。正因为尘世劳顿，无休无止，遇此"四美聚、二难并"的良会，何不多享欢悦、尽情纵怀呢？"歌声阕"三句，仍是劝酒之辞，伴此清歌，杯莫停辍！从语气上来说，这似是对他人的劝慰，实则依旧是自劝自慰之语。从浓酣的兴致中，又隐隐透露出几许天涯飘零的悲凉之意，这正是词意的丰富处。此词下片如果在一般词人笔下，往往要借助景语稍加点缀渲染，而柳词却撇开景物，全作议论，层折而下，显得朴质浑成而又富于情韵，的确非大手笔不能办此。

雪梅香

景萧索，危楼独立面晴空①。动悲秋情绪，当时宋玉应同②。渔市孤烟袅寒碧③，水村残叶舞愁红④。楚天阔，浪浸斜阳，千里溶溶⑤。　　临风。想佳丽⑥，别后愁颜，镇敛眉峰⑦。可惜当年，顿乖雨迹云踪⑧。雅态妍姿正欢洽，落花流水忽西东。

无慘恨⑨、相思意,尽分付征鸿⑩。

[注释]

①危楼:高楼。面:面对。

②宋玉句:宋玉《九辩》首句即为"悲哉!秋之为气也,萧瑟兮草木摇落而变衰",故后世常将悲秋之意与宋玉相联系,称之为"宋玉悲秋"。

③袅:烟缭绕上升貌。碧:指烟色。

④红:指凋落的红叶。

⑤溶溶:水流动貌。

⑥佳丽:美女。

⑦镇:长,久。敛:收敛,此指皱眉。眉峰:指女子之眉。

⑧顿:突然。乖:背离。雨迹云踪:用巫山神女之典。此句谓分别得突然。

⑨无慘:即无聊。

⑩分付:托付。

[点评]

　　此词是一篇登高怀远之作。词中有"楚天阔"之语,有可能是柳永浪迹荆湘时的作品。上片写登临悲秋的情景,下片写对远方佳人的思忆。起句"景萧索",劈空而来,笼罩全词,既为上片的景物描写定下了基调,也为下片的抒感抹上了浓浓的黯淡色彩。词人登上高楼,凭栏独立,遥望秋空,"萧索"之感,仿佛不假思索地便冲口而出,可见这是秋景给他的直观感受。此三字用在开篇,给人以深刻的印象,造成了十分强烈的抒情氛围。"动悲秋情绪"二句,用宋玉悲秋之典,亦是柳词惯用的手法。"渔市"以下,细笔摹写秋景。"渔市"二句是近景,写水边集市村落,一则孤烟袅袅,一则风卷残叶,都是一派萧索景象。"烟"当指村落中的炊烟,本是温暖的物象,词人却用冷色调的"碧"字来形容,已有冷落之意,似乎还嫌不够,再加上一个"寒"字。同样,枫叶本是红色,却加一"愁"字,这都是把人的感情色彩加到了自然景物之中,王国维所谓"一切景语皆情语",也即是指此而言的。"楚天"三句,是远景,景物开阔,笔势亦开阔,江流浩荡,斜阳浮动于波间,壮观无比。后来周邦彦《兰陵王》中的名句"斜阳冉冉春无极",造境与此句有相通之处,梁启超评周词的"绮丽悲壮"之语,移用以评柳永此句,也并不过分。下片写别愁,盖上片的悲秋情绪与下片的别愁,亦是相生相发。"临风"二字,转接,由对景转入沉思。"想佳丽"三句,从对方角度设想,想象她愁怀不展、愁眉深锁之状,语致缠绵体贴。"可惜"二句,追溯离别,"顿乖"二字,见出对别离匆匆的悔恨之意。"雅态"二句,承接"顿乖",谓正值两情欢洽之时,却不得不陡然分别,东西永隔,如已落之花、东逝之水。这两句以强烈反差之语,构成巨大的情感张力,渲染离恨之深、相思之切。末三句,以相思情意托付征鸿作结。亦见无奈,盖归期难卜,故不得不希望鸿雁能传书,稍慰相思,但雁信无凭,终无定准,结果如何,也是不可知的吧。此词上景下情,看似平铺直叙,然而写景抒情都极有层次,由近至远、虚实相间,或一气贯注,或曲折尽致,词意明白而细密。这种平淡无奇、不见技巧之作反倒是一般词人所难以企及的。

卜算子

江枫渐老①,汀蕙半凋②,满目败红衰翠。楚客登临③,正是暮秋天气。引疏砧④、断续残阳里。对晚景、伤怀念远,新愁旧恨相继。　　脉脉人千里。念两处风情,万重烟水。雨歇天高,望断翠峰十二⑤。尽无言、谁会凭高意⑥。纵写得、离肠万种,奈归云谁寄⑦。

[注释]

①江枫:江边红枫。

②汀蕙:汀洲蕙草。

③楚客登临:用宋玉悲秋之典。以宋玉自拟。

④疏砧:稀疏的捣衣声。砧:捣衣石。

⑤翠峰十二:用巫山神女之典喻男女之情。巫山有十二峰,故云。

⑥会:理解,领悟。

⑦归云:这里是以巫山神女指代离去的情人。

[点评]

此词实为《卜算子慢》,和令词的《卜算子》有很大差异。

它主要描写了游宦异乡的客子在暮秋时节登高怀人的情事。上片以景为主,景中有情;下片以情为主,而情中见景,这都是柳永词惯用的手法。起笔三句写景,是登临所见。渐老的江枫和半凋的汀蕙,一为"败红",一为"衰翠",交织出充盈视野的一片衰残景象。这和柳词名作《八声甘州》中"是处红衰翠减,冉冉物华休",在词、意两方面都很类似,都是借写景烘托孤寂黯淡的氛围,暗寓悲秋之意。"楚客"二句,仍用宋玉悲秋之典,倒卷出"暮秋天气",正面点出时令。"疏砧"句,写登高所闻。衰残的秋色,已足令人伤感,何况又是日暮残阳的黄昏时分,更何况又听见远处传来隐约断续的捣衣之声。李白《子夜吴歌》中曾云:"长安一片月,万户捣衣声。秋风吹不尽,总是玉关情。"杜甫《秋兴》诗中也说:"寒衣处处催刀尺,白帝城高急暮砧。"可见他乡为客之人,每闻捣砧声,最容易引动羁旅愁绪。这也就引出上片结处"伤怀念远"之意。对此凄苦的暮秋晚景,难以排遣客途之愁苦寂寞,又想到远方佳人切盼归期,想到两情相悦时的种种温馨,遂不能不生"新愁旧恨",旧恨未消,新愁又起,相踵相继,汇合到了一处,让人"无计相回避"。这种由景入情的手法,为下片的抒情作了较好的铺垫。下片"脉脉"句,用《古诗十九首》"迢迢牵牛星"一首中"盈盈一水间,脉脉不得语"诗意,谓相距千里,阻隔重重,彼此"空有相怜意",却无相会之期。"两处风情"承"脉脉","万重烟水"承接"千里",进一步展开对凄苦情怀的描绘。"雨歇"二句,虚虚实实,既可以说是实景,即登临时天气的实况,雨过天晴,极目远望,所见唯有重重叠叠的山峰,正如晏殊《浣溪沙》所云:"满目山河空念远。"抒发了上片"伤怀念远"之意。同时,这两句也是虚笔,化用宋玉《高唐赋》中巫山神女入楚王之梦的典故，巫山有十二峰，故云。如李商隐《深宫》诗："岂知为雨为云处，只有高唐十二峰。"雨散云收之后，伊人踪影自是渺不可寻了。这也暗示着远方佳人恐也是歌伎之类的身份。"尽无言"句，谓"无人会，登临意"，自己满腔的凄苦孤独之情，竟无人可说，只能郁结于胸中，"永日无言，却下层楼"。"纵写得"二句，翻进数层。此番心意，无人领会，只能托诸书信，寄给能理解自己的佳人，这是一层。可离愁万种，又往往不知从何说起，这种况味，真是"怎一个愁字了得"！和心意相比，文字总是拙劣的，故云"纵写得"，这是第二层。即使万种情怀真能化作满纸相思，可怎奈云归无定准，佳人此刻人在何处，亦不可知，就算雁能传书，又怎知寄往何处呢？这是第三层。或谓"归云"是谓"无人为乘云寄书之意"，似乎并不完全准确。实则这里仍是用朝云暮雨之典，指所思的佳人，盖两者都是漂泊无定准的命运，客子是游宦他乡，驱驰不已，佳人则是"这人折了那人攀，恩爱一时间"，同样是一种心灵上的漂泊。此词下片"一气转注，联翩而下"（清周济《宋四家词选目录序论》），写足了客子的痛楚与缠绵之意。情感浓厚而真挚，宛转而委曲。词笔既有流利畅达之处，如上片之写秋景，亦有凝重千钧之处，如结句的深情自问，可谓相得益彰。

少年游

长安古道马迟迟①。高柳乱蝉嘶。夕阳岛外，

秋风原上,目断四天垂。 归云一去无踪迹②,
何处是前期③。狎兴生疏④,酒徒萧索⑤,不似去年
时。

[注释]

①迟迟:徐行貌。

②归云:指代离去的情人。

③前期:这里与"后约"意思相同,指与佳人重聚之期。

④狎兴:狎妓荡游的兴致。生疏:冷落荒疏。

⑤萧索:也是寂寞冷落的意思。

[点评]

　　此词以深秋时分长安道上的见闻,深寓离愁别恨和身世
之感,当是柳永中年以后的作品。起句"长安古道马迟迟",
长安为汉唐旧都,长安道,本为繁华热闹之所,北宋时以汴梁
为东都,以洛阳为西京,长安的政治地位和经济地位与前代
都无法比拟了,长安道上,自然再也没有"车如流水马如龙"
的盛况,徒成诗人吊古伤今之地。故"古道"二字,生发出强
烈的沧桑之感。"马迟迟",微逗情思,表现了一种若有深慨
的思致。"高柳乱蝉嘶",写物象,亦点时令。"乱"字,写蝉
鸣之缭乱,"嘶"字,写蝉鸣之凄苦,正是典型的深秋况味。
隐隐然也展现了词人心绪的烦乱和冷落萧疏。"夕阳"三
句,大笔濡染,极力描摹出秋日郊野萧瑟之景。"岛外",叶
嘉莹先生认为长安道上安得有岛,当作"鸟外"。但如此理
解,则与下句"秋风原上"不成对句,且"鸟外"二字似亦有不

词之嫌,文字上也缺乏版本学依据,故不从之。也有人认为所谓"岛",即指灞陵境内的白鹿原,又名灞陵原,或亦可从,当然也可完全作为虚拟而非实指来理解。前两句见出词人登高临远,夕阳渐隐,原上风高,苍野在落日的映衬下,辽阔无垠。在如此苍凉荒寒的背景下,一个失志落魄的游子形象显得是那么的身单影孤。于是情思汇心,逼出"目断四天垂"之句,极目望去,天幕垂落,何处是栖止之所? 令人顿生向晚之归思。清代王士祯谓此句与周邦彦"楼上晴天碧四垂"、欧阳修"拍堤春水四天垂"等,都是从五代韩偓"泪眼倚楼四天垂"句化出,并谓柳词此句"意致少减"(《花草蒙拾》),实则就笔力的浑厚和情感的深度上来说,"目断四天垂"要远远高过其他数句。上片全从景物着笔,而物我一境,情景交融,感慨极深。下片"归云"二句,先写对于过往旧事的追思,所谓"归云",兼指人事,既是当年偎香依暖的佳人,更是留存于心底的希望与欢乐,然而"一去无踪迹",可见一切消逝,不可复返。此句或许是从白居易《花非花》中"去似朝云无觅处"句化出,但沉痛之意更为深郁。"何处是前期",既指前途未卜,又指后约难凭,悱恻动人。"狎兴"三句,写如今的寂寥落寞之感。对于中年失意的词人来说,最难以消受的还不是孤寂的处境,而是心灵的苍老。酒朋狎侣,老大凋零,当年那种千金买笑、纵酒狂歌的冶游生活,更已冷落荒疏。少年失意,尚有"忍把浮名,换了浅斟低唱"的豪情气度,而中年之后,却完全陷入了衰老悲凉的意绪中,感情已无寄托之所。结句"不似去年时",语度萧然而寄慨万千,凄楚感人,是绚烂之极归于平淡的气象。柳永虽以慢词长调雄视一代,其实他的小令也极有开拓性。如此词即摆脱了晚唐五代以来婉转绸缪之态,将秋思的主题引入词中,极写触目伤怀的失意之悲、萧索之感。元代马致远被誉为"秋思之祖"的散曲名作《天净沙·秋思》:"枯藤老树昏鸦。小桥流水人家。古道西风瘦马。夕阳西下,断肠人在天涯。"清代陈维崧《点绛唇》词:"晴髻离离,太行山势如蝌蚪。稗花盈亩。一寸霜皮厚。赵魏燕韩,历历堪回首。悲风吼。临洺驿口。黄叶中原走。"与此词相比,虽然在意境上有同有异,各有擅长,但就格调的悲凉萧瑟、尺幅之中有千里之势的气魄而言,都可谓是一脉相承的。

少年游

　　参差烟树灞陵桥①。风物尽前朝②。衰杨古柳,几经攀折,憔悴楚宫腰③。　　夕阳闲淡秋光老,离思满蘅皋④。一曲阳关⑤,断肠声尽,独自凭兰桡⑥。

[注释]

①灞陵桥:又名灞桥,在长安东。《三辅黄图》:"灞桥在长安东,跨水作桥。汉人送客至此,折柳赠别。"

②风物:风光景物。前朝:前代。

③楚宫腰:本指女子的纤腰,这里代指柔软的柳枝。

④离思：即离情别绪。蘅皋：长满杜蘅的水边高地。

⑤阳关：指《阳关曲》，王维《渭城曲》："劝君更尽一杯酒，西出阳关无故人。"后以之为送别曲，又名《阳关三叠》。

⑥兰桡：兰舟。桡：桨，此处代指舟船。

[点评]

　　这是一篇怀古伤今之作，词人以对前朝风物的凭吊，抒发感慨。词以景起，首句总括灞桥全景。暮色苍茫，烟树迷离，一片凄凄。宋代程大昌《雍录》记载："汉世凡东出函关，必自灞陵始，故赠行者于此折柳为别。"李白所作的《忆秦娥》中"年年柳色，灞陵伤别"之句，即指此而言。但至宋代随着政治和经济重心的东移，长安的地位显著下降，灞陵这个客旅必经之地恐怕再也没有了当年的繁盛，故下句即言"风物尽前朝"。汉唐鼎盛之时，此地商客往来，川流不息，而如今虽景色风物依然，人事却已全非。因此灞桥不仅是别离的象征，目睹了人间无数的悲欢离合，现在更成为沧海桑田、人世变幻的见证。这两句交织着自己的羁旅愁思和历史兴亡的感慨，时空的迷茫和悠远在此处融为一体，苍凉沉郁，笔力浑厚。"衰杨"三句，承"风物"，从折柳送别这一最富代表性的灞陵风物着笔，描写人间离愁。后来周邦彦的《兰陵王》词中说："长亭路，年去岁来，应折柔条过千尺。"这里也是写出灞陵柳之不堪攀折、憔悴衰残。而树犹如此，人何以堪？词人借伤柳加倍突出了人间别离的频繁、愁恨之深重，为下片抒写离情作了较好的铺垫。此词"上阕苍凉怀古，下阕伤离怨别"（近人俞陛云《唐五代两宋词选释》），"夕阳闲淡秋光老"，词境凄清。"夕阳闲淡"，见出黄昏的凄黯；"秋光老"，见出秋容的萧瑟，游子的心灵愈发凄楚，遂引出满腹"离思"，溢满蘅皋，以蘅皋之旷远形容离思之无穷无尽，以芳草之萋萋形容离思之绵延不绝。"一曲"二句，以清越苍凉之笔，从听觉的角度，将离思推向高潮。《阳关》为送别之曲，"断肠"为销魂之悲，极写人物的惆怅和哀感。结句"独自凭兰桡"，陡然收煞，展现了游子独立斜阳，如醉如痴的生动形象，怀古伤今的感慨、孤身飘零的苦况，全蕴含在这个无言有泪的凄苦之境中。俞陛云所谓"阳关三句有曲终人远之思"的评语，也正是着眼于结句的内涵丰厚、有余不尽而又收束有力而言的。此词虽是怀古，但并不具体描写历史事实，亦不加丝毫议论，只是借助灞桥暮色、阳关哀曲等一系列物象情景，反复渲染，突出感情的波澜起伏，使人触景生情。吐属自然，含情绵邈。词境虽凄清，格调却高华不俗。故清代先著、程洪《词洁》中评曰："屯田此调，居然胜场。不独'晓风残月'之工也。"可见柳词小令的成就，在某些方面的确并不在其慢词长调之下。

玉蝴蝶

望处雨收云断，凭阑悄悄，目送秋光。晚景萧疏，堪动宋玉悲凉[1]。水风轻、蘋花渐老[2]，月露冷、梧叶飘黄。遣情伤[3]。故人何在，烟水茫茫。

难忘。文期酒会④,几孤风月⑤,屡变星霜⑥。海阔
山遥,未知何处是潇湘。念双燕、难凭远信,指暮
天、空识归航⑦。黯相望。断鸿声里,立尽斜阳⑧。

[注释]

①动:引动。宋玉悲凉:用宋玉悲秋之典,以宋玉自拟。

②蘋花:多年生浅水草本植物,夏秋间开小白花,亦称白蘋。

③遣:使,令。

④文期酒会:指文人饮酒赋诗之雅会。

⑤几孤:几度辜负。孤:同辜。风月:清风朗月,良辰美景。

⑥屡变:屡次变换。星:指岁星,又名太岁,即木星。因其十
二年绕日一周,故古人以其经行之方位纪年,星变方位则岁
移。霜:年年秋天霜始降,故亦用以指年岁。这里的星霜都
是表示时间的推移,此句与上句皆意指过了好些年。

⑦归航:归舟。

⑧立尽斜阳:意谓在斜阳中伫立,直至日落。

[点评]

　　《玉蝴蝶》之调,分令词与慢词两类,令词见《花间集》所
录晚唐温庭筠词及五代孙光宪词,慢词则首见于柳永此作,
又名《玉蝴蝶慢》,属仙吕调(夷则羽)。这是一首怀人词,从
下片"潇湘"等语来看,或为怀念湘中友人之作。

　　起笔"望处"二字,统摄全篇,词笔劲直,一气贯注。"雨
收云断"是眼前之景,"凭阑"二句,写悄然独立,见秋色无
边。"悄悄"二字,已含悲境,盖《诗经·邶风·柏舟》篇中即

有"忧心悄悄"之语。"晚景"二句,从总体上写悲秋之感,引出宋玉《九辩》中"悲哉!秋之为气也,萧瑟兮草木摇落而变衰"以及"坎廪兮,贫士失职而志不平;廓落兮,羁旅而无友生"等情怀,柳永词中经常用宋玉悲秋之典,如《雪梅香》中的"动悲秋情绪,当年宋玉应同"、《戚氏》中的"当时宋玉悲感,向此临水与登山"等,大概《九辩》中的情绪与柳永宦途坎坷、羁旅漂泊的生涯有共通之处,容易引发感情的共鸣吧。"水风""月露"二对句,选取了秋天的典型物候,作精细的描摹,是对前文"萧疏晚景"的具体描绘和铺叙展衍,物象凡四——水风、蘋花、月露、梧叶,而所用的四个修饰性的词语——轻、老、冷、黄,则俱见匠心,是传神之处,交织构成了一幅精巧的画面,色泽清淡,氛围幽冷,恰当地渲染和点缀了秋意,同时也为下文抒写怀人之情作了充分的铺垫。故以下三句,遂直接折到怀人之感,点明全词主旨。"遣情伤",一语喝断,总束上文。"故人何在,烟水茫茫",就眼前景点染,百感交集,一片迷蒙,景象阔大浑厚,声情凝重而跌宕,笔力千钧。下片极写心中的抑郁。换头以"难忘"二字,插入回忆:当年"文期酒会"之上的种种赏心乐事,令人难忘。但稍稍一逗,旋即折回现实,既有波澜,又不黏滞,词笔空灵跳荡。"几孤"句,写文酒之疏,"屡变"句,写隔绝之久,以两个同义句,加倍强化离索之情。"海阔"二句,写隔绝之远,既是实指,同时也化用梁朝柳恽《江南曲》中"洞庭有归客,潇湘逢故人"之意,承接上片"故人何在"句。"念双燕"句,写音信无托,"指暮天"句,用谢朓《之宣城出新林浦向板桥》诗中"天际识归舟,云中辨江树"之语及温庭筠《梦江南》词中"过尽千帆皆不是"之境,极写归期无定之苦,都见出思念之切。

"黯相望",与起句相呼应。"断鸿声里,立尽斜阳",以景结情,"断鸿"哀鸣,象征着朋友之离散,衬托了自己的孤独怅惘。与天边"断鸿"相对的则是夕阳残照之中,如醉如痴、久久伫立的词人形象,羁旅不堪之情见于言外。近代陈匪石《宋词举》卷下谓:"'尽'字极辣、极厚、极朴,较少游'杜鹃声里斜阳暮',尤觉力透纸背。盖彼在前结,故蕴藉;此在后结,故沉雄也。""可堪孤馆闭春寒,杜鹃声里斜阳暮"是秦观《踏莎行·雾失楼台》一词上片结尾处的名句,柳永此词末二句,没有秦观词那么凄厉,感情的深度和厚度上更不在秦词之下。苏轼曾说柳永《八声甘州》词中"渐霜风凄紧,关河冷落,残照当楼"三句,"不减唐人高处",其实本词上下片的末二句,在意境的浑厚和词情的韵味上,也完全当得起"不减唐人高处"的评语。

甘草子

秋暮。乱洒衰荷,颗颗真珠雨①。雨过月华生②,冷彻鸳鸯浦③。　　池上凭阑愁无侣。奈此个、单栖情绪。却傍金笼共鹦鹉。念粉郎言语④。

[注释]

①真珠:即珍珠。

②月华:月光。

③鸳鸯浦：或据《明一统志》谓鸳鸯浦在慈利县治北。不甚确，这里只是泛指。

④粉郎：三国时人何晏俊美肤白，面如傅粉。故后世称美男子为"粉郎"。这里是指词中女子的情郎。

[点评]

此词写秋日薄暮时分的闺情，是《花间集》以来的传统题材，柳永虽以慢词为人所称，但这种小令，却也照样驾轻就熟，写得空灵妙绝。上片写闺中女子独自凭阑的寂寞情景。时令是秋天，本就令人平生伤感之意，何况又是秋日的黄昏，暮色苍茫，更何况又是秋暮之雨，更何况对此秋景的又是一位离愁女子，南宋吴文英词云："何处合成愁，离人心上秋。"正谓此意。一层紧似一层，将人带入一片凄凉的氛围之中。"乱洒"二句，写秋雨，秋风秋雨愁煞人。"乱洒衰荷"，让人联想起柳宗元《登柳州城楼寄漳汀封连四州刺史》诗中"惊风乱飐芙蓉水"之句，取意各异，造境则一。"颗颗真珠雨"，写雨点如珠，跳荡飞溅。这两句既写出了风雨侵袭中，败荷零乱之状，又暗示了女子烦乱愁苦的心绪，这雨珠不也是颗颗都滴在离人心头吗？"雨过"二句，说明凭阑已久，从雨打败荷直到雨过月升，展现了她凭阑凝伫、寂寞无聊而黯然神伤的形象。"冷彻鸳鸯浦"，不只是写雨过之后的空寂景象，同时以双栖双宿的鸳鸯因"冷彻"而惊散，喻指自己与情郎的分携。下片"池上"二句，点明所愁之缘故在于"无侣"。"奈此个、单栖情绪"，进一步写到孤枕难眠之苦。凭阑久立，直至黄昏月上，终是难解愁怀。而回屋之后，四壁悄然，一片空寂，自然更是难堪。鸾帐鸳被，皆是故物，而独宿单栖的境况，已经注定了又是一个无眠的漫漫长夜。"却傍"两句,是精彩之笔。闺中女子形单影只,唯有与笼中鹦鹉为伴,这是一层意思;鹦鹉学舌,可解人之寂寥,这是第二层意思;而鹦鹉所学者为女子所念念不忘的"粉郎言语",故闻鸟语,如对情郎,聊以自慰自遣,这是第三层意思;然而鹦鹉毕竟不是情郎,鸟虽解语而不通人情,反令人平添凄凉伤感,这是第四层意思。词意如剥笋抽心,以精美的画面表达出复杂的况味,含蓄委婉,曲折动人。清代彭孙遹《金粟词话》中说:"柳耆卿'却傍金笼共鹦鹉,念粉郎言语',《花间》之丽句也。"这首小令确有《花间》词的韵味,用词华美,以环境的精丽反衬人物内心的幽怨,很像温庭筠《菩萨蛮》诸词。不过下片头二句,放笔直说,不嫌直露,却又是柳词自家面目,体现了词体演进过程中新的趋势。

甘草子

　　秋尽。叶翦红绡①,砌菊遗金粉②。雁字一行来③,还有边庭信④。　　飘散露华清风紧⑤。动翠幕、晓寒犹嫩⑥。中酒残妆慵整顿⑦。聚两眉离恨。

[注释]

①叶翦:犹言叶落。红绡:指枫树一类的红色树叶。

②砌菊:台阶旁的菊花。遗金粉:这里指菊花凋谢掉落。

③雁字:群雁飞时成行,或成"一"字,或成"人"字,故云。

④边庭:边关,边塞。信:音信。

⑤露花:指枝上的露珠。紧:急。

⑥嫩:这里指轻微。

⑦中酒:病酒,指因酒醉而身体不适。慵:懒。整顿:此指梳洗打扮。

[点评]

　　和上一首一样,此词也是以秋天为背景的闺情之作,只不过前词是秋天的薄暮,此词是秋晓,时间有所不同。起句"秋尽",点明时令亦是深秋,正是衰残的季节。"叶翦"两句,便写叶落花残的景象,或谓"叶翦"句是谓"叶子红得就像是从红绸上裁剪下来的一样",不确。"翦红绡"与下句"遗金粉"相对,这两句,一句写红叶飘落,一句写菊花凋残,都是深秋时节典型的衰残之景。"雁字"二句,写天边飞雁成行,南来过冬。而雁为候鸟,古代又有雁足寄书的传说,故下句云"还有边庭信",这样就由深秋景物的描写引入了离别怀人之情。但下片换头并没有直接承以对这种情感的抒发,而是再掉转笔锋,继续写秋景,"飘散"二句,写秋风。霜风凄紧,吹坠枝头露珠,吹动闺阁帘幕,令人顿生寒凉之意,虽然寒意尚属轻微,但对人内心的触动却十分强烈。"中酒"句写闺中女子百无聊赖的心情。"中酒",说明昨夜她曾经借酒浇愁,以至沉醉,清晨醒来,而宿酒未醒。"残妆",说明昨夜酒醉之后,来不及卸妆,便蒙头大睡了,故醒来而"残妆"犹在。"慵整顿",说明因愁绪而根本无心梳洗。七字分为三意,都是为了表现她内心的离情别绪,词笔十分精细。从意思上来说,也和温庭筠《菩萨蛮》词中"懒起画蛾眉,弄

四时节序·灯月阑珊嬉游处

⊙

149

妆梳洗迟"相近,都是从《诗经》中"自伯之东,首如飞蓬。岂无膏沐,谁适为容"之句转化而来。经过这样层层铺垫之后,终于逼出最后结句"聚两眉离恨",直接点出离情,便显得十分凝重有力了。和前首相似,此词所继承的也是《花间》词的传统,注重在精细的景物描写中透露人物的心理,同时词中的委婉之句和直露之笔并存,兼而有之,两不相妨。

望远行

长空降瑞,寒风翦,渐渐瑶花初下①。乱飘僧舍,密洒歌楼,迤逦渐迷鸳瓦②。好是渔人,披得一蓑归去,江上晚来堪画。满长安,高却旗亭酒价③。

幽雅。乘兴最宜访戴④,泛小棹、越溪潇洒。皓鹤夺鲜,白鹇失素⑤,千里广铺寒野。须信幽兰歌断⑥,彤云收尽⑦,别有瑶台琼榭。放一轮明月,交光清夜。

[注释]

①渐渐:形容雪落之声。瑶花:比喻雪花。

②迤逦:连绵不断状。鸳瓦:即鸳鸯瓦,指互相成对的瓦。

③高却旗亭酒价:指城中酒价因雪寒而涨价。旗亭:酒楼。

④访戴:《世说新语》及《晋书》王徽之传均记载,王徽之居山阴,一夜大雪,忽忆戴安道,时在剡溪,即夜乘小船而往。经宿方至,造门不前而返。人问其故,答曰:"吾本乘兴而行,兴尽而返,何必见戴?"

⑤"皓鹤"二句:谓白鹤、白鹇在白雪的映衬下都黯然失色,实际上是衬托雪的洁白。

⑥幽兰:古琴曲名。宋玉《讽赋》云:"臣援琴而鼓之,为《幽兰》、《白雪》之曲。"这里虽用幽兰,实则暗指《白雪》。

⑦彤云:即同云,下雪时天空的阴云。

[点评]

　　此词乃写雪景雪情,韵致疏淡而清新潇洒。起句"长空降瑞",一"瑞"字笼罩全篇。以下具体描摹,"寒风"二句,写雪花"初下",不说风卷雪飘,却谓寒风剪出瑶花,便见情态,且有玲珑剔透之感。"乱飘"六句,化用唐郑谷《雪中偶题》诗:"乱飘僧舍茶烟湿,密洒歌楼酒力微。江上晚来堪画处,渔人披得一蓑归。""乱飘""密洒",见雪之愈下愈大。"僧舍""歌楼",清静之地与繁华之场同受沾溉。"迤逦"句,写雪覆鸳瓦,迷茫一片而渐不复可辨。随着雪的密集,词境也随之更加开阔,视野由城内转到城外江头,但见江雪弥漫,渔翁披蓑而归,活脱一幅寒江雪景图,故云"晚来堪画"。"满长安"二句,谓因雪而长安酒贵,从侧面写雪景,有旁见侧出之妙。下片"幽雅"二字一顿,是雪景带给人的直观感受。"乘兴"二句,是点染之笔,用王子猷访戴的风雅韵事,点缀雪夜清景。"皓鹤"二句,是谢惠连《雪赋》中的成句,以见白雪蔽野,浑然一色的壮观景象。"幽兰"二句,借《幽兰》以指

《白雪》，又以曲中《白雪》代指现实中的飘雪，暗示雪止云散。再承以"瑶台琼榭"这个令人眼睛为之一亮的意象，如见广寒宫阙。结句"放一轮明月，交光清夜"，月与雪映，雪月交光，词境清丽之至，几令人物我两忘，融于此清景之中。此词平实叙来，却极具潇洒之气韵。"初下""渐迷""广铺""收尽"，四个词展现了冬雪的过程，也构成了全词的关键之笔，筋骨细密妥帖。如果要说不足的话，稍觉前人成句成意用得多了一点。除了上片的"乱飘"六句和下片的"皓鹤"二句外，起处的"淅淅"二字，也出于《雪赋》。掩袭之痕迹似乎过于明显，正如清人黄苏所云："通首清雅不俗，第以用前人意思多，总觉少独得之妙句耳。"（《蓼园词选》）

承平赞歌

太平时朝野多欢

破阵乐

　　露花倒影,烟芜蘸碧,灵沼波暖^①。金柳摇风树树,系彩舫龙舟遥岸。千步虹桥,参差雁齿,直趋水殿^②。绕金堤、曼衍鱼龙戏^③,簇娇春罗绮,喧天丝管。霁色荣光,望中似睹,蓬莱清浅^④。

时见。凤辇宸游,鸾觞禊饮^⑤,临翠水、开镐宴^⑥。两两轻舠飞画楫^⑦,竞夺锦标霞烂^⑧。罄欢娱,歌鱼藻^⑨,徘徊宛转。别有盈盈游女,各委明珠,争收翠羽,相将归远。渐觉云海沉沉,洞天日晚^⑩。

[注释]

①灵沼:传说是周文王在其离宫所建池沼,若神灵之所造。这里是借指汴京金明池。

②虹桥:指金明池中的仙桥。参差:长短不齐。雁齿:指仙桥雁柱如雁行排列。水殿:营建于水上的亭榭,此指金明池上的五殿。

③曼衍:同蔓延,本为巨兽名,状如狸,长百寻。后代仿为百戏节目,常与鱼龙并演,合称鱼龙曼衍。

④霁色:雨后清明之色。荣光:五色祥云。蓬莱:传说东海中

三神山之一。此喻池中五殿。

⑤凤辇：指皇帝的车驾。宸游：指皇帝巡游。鸾觞：指酒杯。禊饮：古代于三月三日上巳节，有到水边饮酒、弄水以祛邪的风俗，称为修禊。

⑥镐宴：原谓周武王、周公旦在镐京宴饮，此指宋天子在金明池赐宴群臣。

⑦轻舠(dāo)：本指刀形小船，这里即是轻舟的意思。画楫：指桨。

⑧锦标：参见下点评中所引《东京梦华录》的记载。

⑨罄：尽。鱼藻：《诗经·小雅》中的篇名，是一首赞美周天子的颂歌。这里代指群臣所制之颂圣歌诗。

⑩洞天：本指神仙所居的洞府，此借指游乐之地。

[点评]

这首词是一篇长达一百三十余字的长调，描绘了三月一日后君臣士庶游赏汴京金明池的盛况。据宋代孟元老《东京梦华录》卷七记载，每年三月一日，州西顺天门外开金明池、琼林苑，以供游赏。金明池在顺天门外街北，周围约九里三十步，是当时汴京名胜。此词以浓墨重彩之笔，勾勒出汴京气象开阔的都市风貌和社会风俗，是柳永都市词的一篇名作。起处三句写金明池的美景，花含清露，水映花影，烟笼平芜，柳条拂水，池水清澈，温煦明净，正是暖春气象，仿佛让人浴于春日的清新气息之中。苏轼曾云："山抹微云秦学士，露花倒影柳屯田。""山抹微云"，是秦观《满庭芳》中的名句，苏轼大概是觉得柳永和秦观的词，都有气格不高的毛病。后来南宋时张九成对策有"桂子飘香"之语，李清照曾嘲之云：

"露花倒影柳三变,桂子飘香张九成。"虽然都颇有异辞,但至少说明柳永此词在宋代还是十分盛传的。"金柳"二句,承"蘸碧",渐由对自然风光的描述转入游赏之意。柳而曰"金",既是阳光明媚照映所致,也是为了衬托全词明丽的基调。树边所系彩船龙舟,争奇斗艳。"千步"三句,写金明池上的仙桥。《东京梦华录》载:"仙桥,南北约数百步,桥面三虹,朱漆阑楯,下排雁柱,中央隆起,谓之骆驼虹,若飞虹之状。五殿正在池之中心。"这三句即是实写仙桥凌波的气势。"绕金堤"四句,写金明池上游乐的场景。百戏杂陈,花样繁多。"簇娇春罗绮",指教坊歌舞乐伎,簇拥成群,奏起各种新声,歌吹沸天。将金明池上的热闹景象,写得绘声绘色,如在眼前。"霁色"三句,拓开词笔,写金明池的总体氛围,池上景色清明,祥云五色,上下交辉。而池中水殿,在词人的想象中,仿佛海上的蓬莱仙山。以此收束上片的景物描写。下片写皇帝游幸金明池之事。"时见"二字一顿,亦非虚设,因为君王只有时世清明、政事多暇,才可能时时临幸此地,这又从一个侧面表达了对太平盛世的歌颂,暗示着"太平也,朝野多欢"的意思。"凤辇"三句,写皇帝出游,赐宴群臣,所用的字眼和典故也都切合着皇家身份。"两两"二句,写君臣观看龙舟竞渡争标。《东京梦华录》中也记载了当时观争标的场景:"以旗招之,则诸船皆列五殿之东西,对水殿排成行列。则有小舟一军校执一竿,上挂以锦彩银碗之类,谓之标竿,插在近殿水中。又见旗招之,则两行舟鸣鼓并进,捷者得标,则山呼拜舞。"词中两句,也是写实之笔。所谓"霞烂",即指锦彩银碗等锦标,如云霞一般灿烂夺目。"罄欢娱"三句,写宴会上群臣作诗赞美天子,虽属颂圣之语,却无谀意,是身逢盛世之真实心情的流露。"别有"四句,转写士庶游赏情景。游春女子,芳洲拾翠,委钿遗珠,相偕兴尽而归。这几句是出自曹植《洛神赋》中"或采明珠,或拾翠羽"的描述,展现游春情态。"渐觉"二句,以黄昏暮色作结,暮云深远,池上的亭台殿阁渐渐笼罩在暮色之中,恍如神仙洞府。不像一般词中把暮色写得昏暗压抑,这两句展现的却是一片迷离景象,显得缥缈奇幻,空灵飞动,富于联想。此词声情顿挫,从容不迫,音调谐婉。章法结构严密,层次分明,以时间推移为经,以池上游春盛况为纬,条理一丝不乱,井然有序。词意繁密,多用对偶句,铺张扬厉,淋漓尽致地叙写了汴京金明池上的繁华景象,可谓是一篇微型的《汴都赋》。

透碧霄

　　月华边①。万年芳树起祥烟。帝居壮丽,皇家熙盛,宝运当千②。端门清昼③,觚棱照日④,双阙中天⑤。太平时、朝野多欢。遍锦街香陌⑥,钧天歌吹,阆苑神仙⑦。　　昔观光得意,狂游风景,再睹更精妍⑧。傍柳阴,寻花径,空恁弹篁垂鞭⑨。乐游雅戏,平康艳质⑩,应也依然。仗何人、多谢婵娟。道宦途踪迹,歌酒情怀,不似当年。

①月华:月光。

②帝居:帝王之所居,指京城。熙盛:兴盛、昌盛。宝运:指国
祚,社稷之气运。当千:千倍于以往任何朝代。一说当历千
年。

③端门:皇宫的正门。

④甋棱:宫阙上转角处的瓦脊。班固《西都赋》:"设璧门之
凤阙,上甋棱而栖金爵。"

⑤阙:指宫门前的门观。或谓指宫门外的华表一类。

⑥锦街香陌:对街陌的美称。

⑦钧天:指钧天广乐,古代神话中的仙乐。《列子·周穆
王》:"王实以为清都紫微,钧天广乐,帝之所居。"这里是借
指京城中的管弦之声。阆苑:本为神话中西王母之所居,这
里代指妓楼。

⑧精妍:精彩妍丽。

⑨靽:低垂。辔:马缰绳。靽辔,也就是垂鞭的意思。此句谓
策马缓行,寻访旧踪,然而一无所获。

⑩平康:指平康坊,唐代长安坊名,为妓女聚居之地。艳质:
指美貌的歌伎。

[点评]

　　此词当是柳永中年以后重至汴京所作,从不同的角度展
现了当时帝都的繁华景象,同时也稍抒身世之感。上片写汴
京的富盛。"月华边"二句是总写,"芳树"既虚指月中桂树,
又可以理解为实写京城中的芳树。此二句写月光皎洁,祥烟

缭绕,以这种吉祥的氛围衬托京城的盛况,以下即具体描摹。"帝居"三句,先从大处着笔,讴歌北宋王朝的强盛富庶。"帝居"即帝王之所居,指京城,但见千门万户,壮丽无前;宋代宫中,称皇帝为官家,这里的"皇家",亦谓帝王之家。"皇家熙盛",即是指国家昌盛。"宝运",即国运、社稷之运,"当千",或谓指千倍于往昔,或谓指千年,总归是祝愿国运长久,空前绝后的意思。"端门"三句,承接上文,既是续写"帝居壮丽",又是对"皇家熙盛"的具体展现。天色晴朗,阳光明丽,宫门前,飞檐映日,双阙对峙而起,高耸云天,既展现了宽博的王者之气,又是国家威严的象征。从这几句描写中,似乎可以领略到词人那种身逢其盛的强烈自豪感。"太平时、朝野多欢"一句,是上片之主旨,柳永在《迎新春》词中也有"太平时,朝野多欢民康阜"之句,当是词人的真实感受。这里虽是"朝野"并举,实则上文方是"朝",以下转写"野",从市井民间的角度继续铺叙盛世景况。"遍锦街"三句,字面上是写京城巷陌繁花似锦,游人如织,歌吹沸天,人似神仙。但"锦街香陌"在这里有着特定的含义,即指秦楼楚馆、歌舞繁华之所,而所谓"阆苑神仙",也就是指那些貌美如花的歌伎,唐宋时以女仙代指女妓是习见之辞。只有作这样的理解,才能和下片的词意对应起来,同时这些娱乐场所的繁华正是京城富庶的体现,正是太平盛世景象。如此盛况,对于多年在外漂泊、而今故地重游的词人来说,自然"别有一番滋味在心头",因为这里处处都有着自己当年的"狂踪旧迹",故不能不触景动情,顿生兴尽悲来之感,上下片之间词意的转接十分自然妥帖。下片先以一"昔"字引出回忆,联想到旧日的纵情欢游,风光无限,但也只是微微一逗,并不展开叙述具体的人事,词意含蓄。随即又折回现在,淡淡地说"再睹更精妍",一个"更"字,流露出一丝物是人非的伤感。"傍柳阴,寻花径",亦实亦虚,既是实写其漫步徘徊于柳阴之下、花径之间,试图寻访旧日欢乐的痕迹,同时又是借指其问柳寻花,"访邻寻里,同时歌舞"(周邦彦《瑞龙吟》),但"空恁"二字,表明结果都是一样,全归于徒然,旧人旧事,皆如前尘梦影,无迹可寻,自是无奈口吻。"乐游雅戏"三句,亦同前引周邦彦词中所谓"惟有旧家秋娘,身价如故"的意思相仿佛,谓此地仍有娇艳风流之人、纵游欢会之事,似乎一切都和过去一样。实际上是说真正不一样的是自己的心情。"仗何人"四句,是下片主旨,亦是全篇结穴。经过多年仕宦在外的飘零生涯,自己再也没有当年的那种"歌酒情怀",只能辜负佳人美意了。这几句语意苍老,饱含人世沧桑,而出语平淡,的确是中年人的口吻,具有很强的感染力。柳永中年以后,一官所系,驱驰四方,尝尽羁旅愁情,因此每每当他回忆当年旧事时,总免不了生出无限惆怅之意。而当此故地重游之际,更是平添了数重悲凉之感,像他的《少年游》中"狎兴生疏,酒徒萧索,不似去年时"、《长相思》中"又岂知、名宦拘检,年来减尽风情"等词句,实际上与此词一样,表达的都是同一种感受。

望海潮

东南形胜,三吴都会①,钱塘自古繁华。烟柳画桥,风帘翠幕,参差十万人家②。云树绕堤沙。怒涛卷霜雪,天堑无涯③。市列珠玑④,户盈罗绮竞豪奢。　　重湖叠巘清嘉⑤。有三秋桂子,十里荷花。羌管弄晴,菱歌泛夜,嬉嬉钓叟莲娃⑥。千骑拥高牙⑦。乘醉听箫鼓,吟赏烟霞。异日图将好景⑧,归去凤池夸⑨。

[注释]

①形胜:地胜优越便利。三吴:指吴兴、吴郡、会稽,杭州为三郡都聚之所。

②参差:大约,将近。或谓指楼阁高低不齐,不确,详见王瑛《诗词曲语辞例释》。

③天堑:此指地势险要的钱塘江。

④市:指杭州的街市。

⑤重湖:指西湖。因其有里湖、外湖之分,故云。叠巘:指西湖边重叠的山峰。清嘉:清新秀丽。

⑥嬉嬉:嬉戏游戏之状。钓叟:渔翁。莲娃:采莲女子。

⑦高牙:指牙旗。本是帅臣的仪仗,这里实指知州游湖。

⑧异日:他日。图:绘。

⑨凤池:即凤凰池,本指魏晋时的中书省,宋时指宰相任事的中书门下政事堂。这两句乃祝愿之语。

[点评]

　　此词写杭州的繁盛和西湖的佳丽,体现了柳永以赋法为词的优长,可谓是一以词体写就的一篇杭州赋。起笔三句擒题,叙钱塘形势之胜,俯瞰东南,纵览今古,从时空两方面拓展了词境,气势博大开阔。"烟柳"以下,直至"钓叟莲娃"句,皆描状都市之盛庶,以如椽之笔勾勒出一幅全景式的画面。先以"参差十万人家",总写杭州之物阜民康,随即分写城外的钱塘江潮和城内的市肆,一以见枕潮坐汐,壮阔汹涌,一以见商业繁荣,士民殷富。铺排有序,层次井然。下片前半段专咏西湖,"重湖"句,写湖山全景,清丽无比;"有三秋"二句,写四时风光,夏荷秋桂,与湖光山色交织;"羌管"二句,写湖中的昼夜笙歌;"嬉嬉"句,写湖中人物,渔翁羌管,莲娃菱歌,人与景相映成趣。从四个方面写尽了西湖的美景,有总叙,有分写,经纬严密,虚实相间,充分体现了慢词胜于小令的曲尽形容的表现能力。其中"有三秋桂子,十里荷花"二句,一写桂子飘香之久,与"叠巘"相应;一写荷花种植之盛,与"重湖"相应,参差交织,极见匠心。据说"此词流播,金主亮闻歌,欣然有慕于'三秋桂子,十里荷花',遂起投鞭渡江之志"(南宋罗大经《鹤林玉露》卷一三),可见在一个多世纪之后,此词仍有如此广泛的影响力。"千骑"以下,一般都据《鹤林玉露》及杨湜《古今词话》诸书,认为是对当时两浙转运使孙何的称美之语,并谓柳永与孙何为布衣之交。但据吴熊和先生考证,此词必为投赠杭州知州之作,但孙何仕履中并无"知杭州""帅钱塘"之事,且两浙转运使治所在苏州,而非杭州,另外两人年龄也相距悬殊(孙何任两浙转运使时,柳永才十四岁),故此词当与柳永《早梅芳·海霞红》词一样,都是投赠给杭州知州孙沔的,时为至和元年(1054)二月至嘉祐元年(1056)八月之间,此词即作于至和元年中秋府会之际(参见吴熊和《柳永与孙沔的交游及柳永卒年新证》一文,见《吴熊和词学论集》)。《宋史》孙沔本传说他"跌荡自放,不守士节""淫纵无检",还曾因"喜宴游女色",坐废多年,这种放荡淫佚的生活作风,倒是与柳永十分相似,这或许即是他们二人能成为"布衣之交"的缘由之一吧。

双声子

晚天萧索,断蓬踪迹,乘兴兰棹东游①。三吴风景,姑苏台榭②,牢落暮霭初收③。夫差旧国④,香径没⑤、徒有荒丘。繁华处,悄无睹,惟闻麋鹿呦呦⑥。　想当年、空运筹决战⑦,图王取霸无休⑧。江山如画,云涛烟浪,翻输范蠡扁舟⑨。验前经旧史⑩,嗟漫载、当日风流。斜阳暮草茫茫,尽成万古遗愁。

[注释]

①萧索:萧条冷落。断蓬:古人常以断根飘飞的蓬草比拟漂泊不定的游子。兰棹:桨的美称。此即指舟船。

②三吴:说法不一,据《水经注》,指吴兴(今浙江湖州)、吴郡

(今江苏苏州)、会稽(今浙江绍兴)。姑苏:即苏州,因城西南有姑苏山而得名。

③牢落:稀疏。

④夫差:春秋时吴王,曾争霸诸侯,后为越王勾践所攻,国灭身死。其都城旧址在姑苏,苏州市郊有灵岩山,传说夫差宫殿即在此处。

⑤香径:即采香径,在灵岩山上,据说是当年吴国宫女采花之径。

⑥麋鹿呦呦(yōu):呦呦是鹿鸣之声。吴国大夫伍子胥曾谏夫差拒绝越王勾践求和,夫差不听,子胥愤言:"臣今见麋鹿游姑苏之台也。"意谓必将亡国,吴国宫殿不久也将变为废墟。

⑦运筹:谋划。

⑧图王取霸:指春秋时吴国与越国争霸。

⑨翻输:反不如。范蠡:越国大夫,曾协助勾践灭吴,据说他功成身退,泛舟游于五湖,避免了杀身之祸。

⑩验:验证。前经旧史:前代的经籍史书。

[点评]

　　这首词当是姑苏怀古,嗟叹吴王夫差亡国之事。柳永词中固有不少香艳旖旎之作,但在江湖漂泊的羁旅中,也写了不少饱含人生感慨的作品,而咏史怀古也正是人生感慨的一个侧面。此词远早于王安石的《桂枝香·金陵怀古》和苏轼的《念奴娇·赤壁怀古》,这些怀古名作,在词史上无疑有其一席之地。

　　起句所谓"东游",当指由汴京沿汴河东行,由大运河南折至苏州。宋人常把从江南、江淮一带入京称为"西游""西征",反过来则称之为"东游"。"晚天",点明时令,同时渲染萧瑟的气氛。"断蓬",点明游子的身份,颇有压抑牢骚之意,但"乘兴"一语,却笔势兜转,似乎来到江南名胜之地后,心境也随之开朗了一些,故下文的咏叹也更开阔寥远。作者没有去写苏州城内的繁华热闹,而是把笔触伸向城外那些冷落荒凉的历史陈迹:吴王故宫、采香旧径,当年的欢歌喧闹、西施的绝代容颜,早已远远隐去而"悄无睹",耳中恍惚真的听见了一片哀哀鹿鸣之声,仿佛在印证着当年伍子胥的预言,"如说兴亡斜阳里"。由远及近,由目见到耳闻,层层铺叙中,深沉的吊古伤今之意随景而出。上片写景,下片则承以咏事,进一步拓开词境。一"空"字领起"运筹决战,图王取霸",以见雄图霸业,亦不过如争名竞利一般,在滔滔江水之前,同归虚幻,倒是那功成身退的范蠡,反可以独享放浪江湖的轻松和逍遥。结句景与情会,浑茫一片,甚有开阔清劲之致。

此词在声律上很值得注意,调名《双声子》,张先《子野词》中有《双韵子》一词,当皆指多以双声叠韵入词的曲子。本词双声叠韵,层见间出,反复运用,贯彻始终,可以说是一首名副其实的双声叠韵之曲。词中双声计有"萧索""踪迹""棹东""牢落""繁华""惟闻""决战""翻输"八处,叠韵计有"晚天""蓬踪""乘兴""姑苏""暮初""有丘""无睹""呦呦""想当""图取无""验前""漫载""茫茫""尽成"十四处。全词二十三句,仅有六句未有双声叠韵。王国维《人间词话》中说:"词之荡漾处多用叠韵,促节处多用双声,则其声铿锵可诵,必有过于前人者。"这说明适当地运用双声叠韵,可以增强诗词的声律之美。柳永词中不少名句,都与双声叠韵有关,如《八声甘州》:"渐霜风凄紧,关河冷落,残照当楼。"其中"凄紧""关河""冷落""残照""当楼"都是双声。《竹马子》:"登孤垒荒凉,危亭旷望。"其中"荒凉""旷望",都是叠韵。《迷神引》:"芳草连空阔,残照满。佳人无消息,断云远。"其中"空阔""消息"是双声,"残满""断远"是叠韵。作为精通音律的词人,柳永在这些方面的贡献还没有得到系统的总结和概括,是应该引起重视和进一步加以研究的。另外,柳永还有一首《西施·苎萝妖艳世难偕》词,是专咏西施的,有兴趣的读者可以参看。

应制颂圣

人间三度见河清

送征衣

过韶阳^①。璿枢电绕,华渚虹流,运应千载会昌^②。罄寰宇、荐殊祥^③。吾皇。诞弥月,瑶图缵庆,玉叶腾芳^④。并景贶、三灵眷祐,挺英哲、掩前王^⑤。遇年年、嘉节清和,颁率土称觞^⑥。　　无间要荒华夏,尽万里、走梯航^⑦。彤庭舜张大乐,禹会群方。鵷行。望上国,山呼鳌抃,遥爇炉香^⑧。竟就日、瞻云献寿,指南山、等无疆^⑨。愿巍巍、宝历鸿基^⑩,齐天地遥长。

[注释]

①韶阳:犹言韶华、韶光,指春天美好的时光。
②璿枢:指北斗之第一星天枢和第二星天璇。华渚:长满花草的沙洲。上古传说黄帝之母见大电光绕北斗枢星,照郊野,感而孕,遂生黄帝。又说少昊帝之母女节,见星如虹,下流华渚,既而梦接意感,生少昊。这都是用来祝贺仁宗降生的典故。运:国运。会昌:指昌盛繁荣。
③罄:尽。荐:聚集。殊祥:特殊的吉祥。
④诞:语助词。弥月:满十月孕期。《诗经·大雅·生民》:

"诞弥厥月,先生如达。"本是赞美周朝始祖后稷,此处用以赞美皇帝。瑶图:皇图。缵:继。玉叶:犹言金枝玉叶,指皇族。

⑤景贶:即嘉贶,指天帝赐福。三灵:天、地、人之灵。眷祐:眷顾祐助。挺:突出超群。英哲:英明圣哲。前王:前代君王。

⑥清和:指农历四月。颁:赏赐。率土:犹言四海之内。称觞:举杯庆贺。

⑦无间:无论,指无区别。要荒:指边远地区。华夏:指中国。走梯航:指登山航海而来。

⑧彤庭:即朝廷。因宫殿楹柱多漆以朱红色,故云。大乐:指上古舜帝命夔所制的《韶乐》。禹会群方:大禹曾会聚各路诸侯。鹓行:指朝班。朝官之行列,如鹓鹭般井然有序,故云。上国:附属国对宗主国的称呼。山呼鳌抃:参见《倾杯乐·禁漏花深》注⑨。爇(ruò):点燃。

⑨就日、瞻云:代指觐见皇帝。《史记》卷一《五帝记》称赞帝尧说"就之如日,望之如云"。南山:古人以为长寿的象征,称为南山之寿。等:等同。

⑩巍巍:高大貌。宝历:国祚、国运。鸿基:指帝王的基业。

[点评]

这首词很明显是为仁宗皇帝祝寿之作。据《宋史》卷九《仁宗纪》,宋仁宗生于大中祥符三年(1010)四月十四日,称为乾元节,也就是上片"嘉节清和"句之所指。此词上阕多用符瑞之典,下阕主要称颂政和民丰,朝野同庆。起句"韶阳"指春光,"过韶阳",则是点明四月。"璿枢"三句,用黄帝和少昊帝的典故，来指代仁宗降生时，并谓其适逢国运昌盛之时。"罄寰宇"二句，谓举国皆生祥瑞。"吾皇"，指仁宗。"诞弥月"，用后稷之典赞颂仁宗。"瑶图"二句，都是说皇图有继，普天同庆。"并景贶"二句，谓天帝赐福，三灵眷顾佑助，而皇帝之英明圣哲，超越了前代君王。"遇年年"二句，谓每年乾元节时，举国上下，四海之内，都举杯庆贺。宋代遇元宵或皇帝生日等重大节日，往往有"赐酺"之礼，即赏赐食物给百姓，这里的"颁"即指此。上片最后二句，已经讲到了祝寿之意，下片则承接，全就此意发挥。"无间"二句，写天下一统，无论是边远的蛮荒小国还是中原大地，都沉浸在喜庆的气氛中，不远万里，梯山航海，来京城祝寿。"彤庭"二句，写朝堂的庆祝典礼，在庄严的雅乐声中，群臣整齐地站列，向皇帝山呼万岁，鳌戴山抃，燃香祝寿。"竟就日"以下，是祝寿之辞，祝皇帝寿比南山，万寿无疆，祝大宋王朝的基业与天地一般长久。应制祝寿之作，基本上都必须以繁富的典故和喜庆的氛围来构筑，因此从文学的角度来看，应该说是谈不上什么太大价值的。但是既然词的这种文化功能在唐宋时是一种客观存在，那么就不能仅仅以文学价值来衡量它。北宋一代，仁宗朝的确是最为繁盛太平之时，柳永的这些词当然有颂圣称谀的一面，但也不能说不是当时人们盛世心理的一种自然流露。

巫山一段云（五首）

其　一

六六真游洞^①，三三物外天^②。九班麟稳破非烟^③。何处按云轩^④。　　昨夜麻姑陪宴。又话蓬莱清浅^⑤。几回山脚弄云涛。仿佛见金鳌^⑥。

其　二

琪树罗三殿^①，金龙抱九关^②。上清真籍总群仙^③。朝拜五云间^④。　　昨夜紫微诏下^⑤。急唤天书使者。令赍瑶检降彤霞^⑥。重到汉皇家^⑦。

其　三

清旦朝金母^①，斜阳醉玉龟^②。天风摇曳六铢衣^③。鹤背觉孤危^④。　　贪看海蟾狂戏^⑤。不道九关齐闭^⑥。相将何处寄良宵。还去访三茅^⑦。

其 四

阆苑年华永①，嬉游别是情。人间三度见河清②。一番碧桃成③。　　金母忍将轻摘。留宴鳌峰真客④。红龙闲卧吠斜阳⑤。方朔敢偷尝⑥。

其 五

萧氏贤夫妇①，茅家好弟兄②。羽轮飙驾赴层城③。高会尽仙卿④。　　一曲云谣为寿⑤。倒尽金壶碧酒。醺酣争撼白榆花⑥。踏碎九光霞⑦。

[注释]

（其一）

①六六真游洞：六六三十六，即指道家所谓神仙所居的三十六洞天。

②三三：三三得九，即指道家所谓九天，《淮南子》谓九天是指钧天、苍天、变天、玄天、幽天、昊天、朱天、炎天、阳天，或谓九天是指九重天。物外：指尘世之外。

③九班：指九仙。据《云笈七签》，九仙是指上仙、高仙、大仙、玄仙、天仙、真仙、神仙、灵仙、至仙。麟稳：传说仙人多骑麒麟，故云。破非烟：指踏着祥云。非烟，《史记·天官书》："若烟非烟，若云非云，郁郁纷纷，萧索轮囷，是谓卿云。卿云见，喜气也。"故后世以"非烟""卿云"来形容祥云。

④云轩：云中之轩车，是神仙所乘的车驾。

⑤麻姑:仙女名,建昌人,修道于牟州东南姑余山。葛洪《神仙传》谓其能掷米成珠,自言已见东海三为桑田,向到蓬莱,海水又浅了一半。相传三月三日西王母寿辰,麻姑在绛珠河畔以灵芝酿酒,为王母祝寿,称为麻姑献寿。蓬莱:东海三神山之一。

⑥金鳌:传说负载东海三神山的巨鳌。

(其二)

①琪树:神话中的玉树。罗:环绕。三殿:神仙所居之殿。

②金龙抱九关:谓金龙守护天门。九关:指九重天门,极言其深。

③上清:道家以玉清、上清、太清为三清,皆仙人所居之府。真籍:指神仙之籍。总:这里有统领的意思。

④五云:五色祥云,仙人所乘之云。

⑤紫微:星座名,三垣之一,为天帝之座。

⑥赍(jī):送与,馈赠。瑶检:玉检,此指天书。彤霞:象征祥瑞的云霞,即"天书使者"之所乘。

⑦汉皇家:代指宋王朝。

(其三)

①金母:即西王母,号九灵太妙龟山金母。

②玉龟:指酒器。

③铢:古代的计量单位,二十四铢为古一两。六铢衣:佛经中谓忉利天衣重六铢,言其轻而薄。后泛指轻薄的衣物。

④鹤背:仙人乘鹤而行,故云。孤危:孤而高危。

⑤海蟾:或谓指道家南宗之祖刘海蟾,或谓海蟾指月中蟾蜍。狂戏指刘海蟾撒金钱之戏。

⑥不道:犹言未料。

⑦三茅：指三茅君。茅山，又名句曲山，在今江苏。相传汉代茅盈、茅固、茅衷三兄弟曾修炼于此，后一齐成仙。

（其四）

①阆苑：神仙居所。

②河清：黄河水清，古代有黄河千年一清的说法。

③碧桃：指神话中西王母的蟠桃，蟠屈三千里，三千年一结果。

④鳌峰：指巨鳌所负载的东海三神山。真客：仙人。

⑤龙（máng）：多毛犬。

⑥方朔：东方朔，汉武帝臣。《说郛》引《汉孝武故事》云东郡送一短人，长五寸，衣冠俱足，东方朔谓其因偷吃西王母的蟠桃而被谪遣人间。又传说东方朔曾偷服汉武帝的长生不死之药。这里是把这两个典故合并到一块来用。

（其五）

①萧氏贤夫妇：指萧史和弄玉。《列仙传》载萧史善吹箫，能作凤鸣。秦穆公以女弄玉妻之，并为其建凤凰台。后二人乘凤凰仙去。

②茅家好弟兄：指三茅君，见前词注。

③羽轮：仙人所乘之飞车。飙驾：御风而行之车。层城：西王母所居，据说在昆仑山上。

④高会：高雅的聚会。仙卿：仙人。

⑤云谣：即《白云谣》。相传周穆王与西王母宴饮于瑶池之上，王母谣曰：白云在天，道里悠远，山川间之。将子无死，尚能西来。故云。为寿：祝寿，祝福。

⑥白榆花：传说天庭中有白榆树。古乐府《陇西行》云："天上何所有，历历种白榆。"后遂以白榆为仙境之物。

⑦九光霞：指五彩缤纷的云霞。九光为道家习用之词。

[点评]

　　柳永这五首《巫山一段云》是作于同时的一组词,故本书稍变体例,合在一起加以简注和点评。北宋皇帝中尊崇道教的,前有宋真宗,后有宋徽宗。真宗制造的"天书"事件,是依托道教的神权系统、道经教义及斋醮仪式来推行的,所以东封西祀之余,又于大中祥符七年(1014),特奉"天书"到亳州太清宫亲祀老子,给老子加上了"太上老君混元上德皇帝"的尊号。道教势力越发膨胀,神仙之说日益盛行。这五首《巫山一段云》,皆为神仙之辞。宋词中咏道家游仙的作品,虽时有所见,但柳永这五首词,明白地提到了"天书""重到"之事,肯定与真宗"天书"事件有关。东汉许慎《说文解字》中说:"真,仙人变形升天也。"唐宋时每称仙为"真"。第一首"六六真游洞"中"真游"一词,就是在"天书"降世后流行开来,并赋予特殊含义的。大中祥符五年(1012)赵玄朗"降圣"延恩殿后,真宗特地将延恩殿改名为"真游殿",后又亲自撰写了一篇《真游颂》。真宗卒后,其塑像奉于景灵宫,亦称为奉真殿。柳词用"真游"之语,就反映了这种时代特征。第二首很明显是说玉帝下诏,"天书"重降之事。按大中祥符元年(1008)正月三日,"天书"初降于左承天门南鸱尾上。四月一日,再降于大内功德阁(后定此日为天祯节)。六月六日,复降于泰山醴泉亭。据说"天书"降时,云五色见,俄黄气如凤驻殿上,和词中所述都是吻合的。词云"重到汉皇家",显然再寄企盼之意。第四首中"人间三度见河清"之语,也是记实之笔。"天书"降世后,各地纷纷奏报祥瑞,其中首推黄河水清。据李焘《续资治通鉴长编》卷七四记载，大中祥符三年（1010）十一月，"陕州言宝鼎县黄河清。遣官致祭，群臣称贺"。十二月，"宝鼎县黄河再清。经略制置副使李宗谔以闻。上作诗，近臣毕贺"。当时年仅二十岁的晏殊亦献上了《河清颂》。柳词即据此而发。宋真宗除了曾制撰《大中祥符颂》和《真游颂》赐天下道藏外，还于大中祥符六年（1013）六月，亲自作《步虚词》六十首，付道门以备法醮。《乐府解题》云："《步虚词》，道家曲也。备言众仙缥缈轻举之类。"柳词的这五首《巫山一段云》，就其内容来说，也就是《步虚词》。当时京师与各地道场按时斋醮，先天节、降圣节、承天节诸节日又盛行宴集，这些场合都需要演奏道曲，这些道曲还需要配上新的乐辞。在这些节日之前一个月，京师就召集乐工先行练习。柳永的这五首词，就适用于这类场合，或许它们就是为道门法醮与诸节宴庆而作的，其作年当与真宗御撰《步虚词》约略同时。唐代刘禹锡、韦渠牟等诗人，都作过五律或七绝的《步虚词》。宋真宗的六十首《步虚词》，早已失传，不知何体。柳永所作，则是最先用词体写的《步虚词》了。清代李调元《雨村词话》卷一中说："诗有游仙，词亦有游仙。人皆谓柳三变《乐章集》工于闺帐淫媟之语、羁旅悲怨之辞。然集中《巫山一段云》词，工于游仙，又飘飘有凌云之意，人所未知。"又说第五首结处"醮酣争撼白榆花。踏碎九光霞"二句，"真不食烟火语"。近人郑文焯在其手批《乐章集》中也说："此五阕盖咏当时宫词之类，而托之游仙。唐诗人常有此格，特词家罕见之。"都指出了这五首游仙词的性质，但没有与当时史实联系起来，进一步追溯下去。经过吴熊和先生《柳永与宋真书"天书"事件》一文的详细考辨之后，这个问题终于得以澄清了。

醉蓬莱

　　渐亭皋叶下^①,陇首云飞,素秋新霁^②。华阙中天^③,锁葱葱佳气。嫩菊黄深,拒霜红浅^④,近宝阶香砌。玉宇无尘,金茎有露^⑤,碧天如水。　　正值升平^⑥,万几多暇^⑦,夜色澄鲜,漏声迢递。南极星中,有老人呈瑞^⑧。此际宸游^⑨,凤辇何处,度管弦清脆。太液波翻,披香帘卷^⑩,月明风细。

［注释］

①亭皋:水边高地。

②素秋:秋天的别称。

③华阙:指壮丽的宫阙。中天:谓高耸天半。

④拒霜:木芙蓉花的别名。

⑤金茎:汉武帝时在宫中做铜柱仙人,上有承露盘。

⑥升平:太平。

⑦万几:同万机,指皇帝日理万事。

⑧"南极"二句:南极星,又名老人星、寿星。老人星现,象征祥瑞。

⑨宸游:皇帝出游。

⑩太液:太液池,本汉唐时宫中池沼名,此为泛指。披香:指

披香殿，汉代宫殿名，这里也是以汉指宋。

[点评]

　　这是一首赞美帝王、歌咏升平之作。词由景起，首二句全用梁朝柳恽诗成句"亭皋木叶下，陇首秋云飞"，写秋色渐深。柳永对这位本家的诗句或有偏好，在其《曲玉管》词中也照搬了一句"陇首云飞"，不过这两句写秋日景象，确实精彩。"素秋新霁"句，正面点出时令，秋高气爽，景物宜人。"华阙"二句，写宫阙壮丽，高耸入云，锁住了郁郁葱葱的皇家祥瑞之气。庾信《黄帝云门舞曲》云："嘉气恒葱葱。"杜甫《北征》云："佳气向金阙。"柳词句意或本此。"嫩菊"三句，从细微处着笔，写宫内秋色。南宋胡仔《苕溪渔隐丛话》引《艺苑雌黄》说："'嫩菊黄深，拒霜红浅'，竹篱茅舍间，何处无此景物？"认为这两句并不适合于描写宫廷气象。似乎有点过于苛求了，虽然嫩菊、拒霜不乏山林疏野之气，但菊之黄、拒霜之红与华美的"宝阶香砌"，还是相衬得宜的。"玉宇"三句，重在写气氛，以三个对句，写出了皇宫内外洁净静谧的秋日景象，同时也预示着太平安定、朝野多欢，为下片写君王夜游宫苑作了铺垫。"正值"二句，写时世太平，政事清闲。"夜色"二句，写皇帝夜游的环境，当然这是揣摩之词。"南极星中"两句，写星象之呈瑞，也是衬托"升平"二字，同时暗祝皇帝之多福多寿。"此际"以下，正式点出夜游，太液池畔、披香殿里，月明风轻，一片管弦清丽，如天上仙乐，词也就以这种轻快的氛围作结，颇有余音袅袅的韵味。关于此词的本事和作年，宋代王辟之《渑水燕谈录》卷八云："柳三变，景祐末登进士第。少有俊才，尤精乐章。后以疾，更名永，字耆卿。皇祐中，久困选调。入内都知史某，爱其才，而怜其潦倒。会教坊进新曲《醉蓬莱》，时司天台奏老人星见，史乘仁宗之悦，以耆卿应制。耆卿方冀进用，欣然走笔，甚自得意，词名《醉蓬莱慢》。比进呈，上见首有'渐'字，色若不悦。读至'宸游凤辇何处'，乃与御制真宗挽词暗合，上惨然。又读至'太液波翻'，曰：'何不言波澄？'乃掷之于地。永自此不复进用。"北宋皇帝，临文每多忌讳，"太液波翻"的"翻"字，含义与"危""乱""倾""覆""崩"诸字相近，当然触犯了仁宗的忌讳，要改以平和吉利的"澄"字。嘉祐元年（1056），仁宗一度病危，不能临朝，长达半年，七月一日始引对群臣。词中的"渐"字及"此际宸游"一句，亦不吉祥，引发了仁宗病后惧祸畏死的心理。古时"大渐"就是指病重将死。"凤辇"句亦暗示人君的仙逝。据吴熊和先生《柳词三题》一文（见《吴熊和词学论集》）考证，所谓"入内都知史某"，即指入内侍省都知史志聪，是仁宗最为宠幸的宦官。老人星见，是朝廷祥瑞。据《宋会要辑稿》，仁宗一朝，老人星见的记录共十五次。吴文经过详细考证，推定此词作于至和三年（1056）八月。可惜柳永不知道应制词还要避开忌讳之词，因没有掌握仁宗晚年的心理特点，深犯其忌，因而遭到斥责。这首《醉蓬莱》可以说是柳永一系列应制词的尾声，此后就再也没有应制之作了。不过清代经学家焦循在其《雕菰楼词话》中，从音律的角度对此词倒有一番妙解，值得一看："柳屯田《醉蓬莱》词，以篇首'渐'字与'太液波翻'的'翻'字见斥。有善词者问，余曰：词所以被管弦，首用'渐'，以字起调，与下'亭皋叶下，陇首云飞'字字响亮。尝欲以他字易之，不可得也。至'太液波翻'，仁宗谓不云'波澄'，无论'澄'字前已用过。而

'太'字为徵音，'液'为宫音，'波'为羽音，若用'澄'字商音，则不能协，故乃用羽音之'翻'字。两羽相属。盖宫下于徵，羽承于商，而徵下于羽。'太液'二字，由出而入，'波'字由入而出，再用'澄'字而入，则一出一入，又一出一入，无复节奏矣。且由'波'字接'澄'字，不能相生。此定用'翻'字。'波翻'二字，同是羽音，而一轩一轾，以为俯仰。此柳氏深于音调也。"宋代词乐至清代早已失传，如今更是绝学，焦循之说虽未必尽合柳词原意，倒也不失为善说词者。

人生感慨

游宦区区成底事

鹤冲天

　　黄金榜上①。偶失龙头望②。明代暂遗贤，如何向③。未遂风云便④，争不恣狂荡⑤。何须论得丧⑥。才子词人，自是白衣卿相⑦。　　烟花巷陌，依约丹青屏障⑧。幸有意中人，堪寻访。且恁偎红翠⑨，风流事、平生畅。青春都一饷⑩。忍把浮名，换了浅斟低唱。

［注释］

①黄金榜：即金榜，指科举考试之后揭晓的榜文。

②龙头：又称龙首，是状元的别称。

③明代：政治清明的时代。古时多用来称颂身处的时代。遗贤：遗弃贤才。如何向：即如何，怎么办。向，语助词。

④风云便：比喻人生机遇。这里指登科夺魁，青云直上。

⑤争不：怎不，为何不。

⑥论得丧：计较得失。

⑦自是：本是。白衣卿相：五代王定保《唐摭言》中说："不由进士者谓之白衣公卿。"本指未经过科举考试而出任公卿宰相者，这里借指无卿相之位，然而名望并不在卿相之下的"才子词人"。

⑧烟花巷陌:指妓女所居之青楼楚馆。丹青屏障:绘有彩画的屏风。

⑨恁:这样。偎:偎依。红翠:描红着绿的女子,代指歌伎。

⑩青春:代指美好的年华。都:只。一饷:这里指片刻。

[点评]

这是一篇狂傲之词,也是一篇牢骚之词。它是柳永参加进士考试落第之后抒发感慨的作品,对于了解柳永的生活经历与创作道路,有比较重要的作用。起句直接点明落第的事实,但口气很大,一个"偶"字,已露出狂气,而且开口即说"龙头",直是以状元自我期许。下面的"明代暂遗贤"一句也很值得玩味,既然真的是圣明时代,又怎么会遗弃贤才呢? 语中或隐有反讽、怨望之意。"暂"和"偶"字一样,都是见出其自负心态的字眼。"如何向",引出下文的转折:现实既已如此,机遇一旦落空,那么为何不纵情狂荡呢? 这实际上是他在失望之余走向的另一极端,试图无拘无束地去享受流连坊曲的放荡生涯。"何须"句以下,本是自我安慰兼自我解嘲之语,却被他写得如同恃才负气的宣言一般,很有点惊世骇俗之意。下片则具体叙写其"恣狂荡"的生活,混迹烟花巷陌,寻访意中佳人,偎红依翠,暖玉满怀。这种风流美满的生活,是平生快事。以下三句,和上片结句互相呼应,"青春"句一点,拈出青春短暂,年华易逝之意。忍,即怎忍。浮名,即指功名利禄。斟,斟酒,唱,唱曲。浅斟低唱,即是前文所说的"偎红依翠"的"风流事",结句意谓:怎忍用世间的浮名去换取浅斟低唱的风流狂荡生涯呢? 在他心目中,两者地位的轩轾不言而喻。此词全用赋体，直陈胸怀，无所依托。结构分明，条理清晰。语言直露浅显，酣畅淋漓，非常"本色"。

宋人吴曾《能改斋漫录》卷一六记载了一则关于本词的逸事："仁宗留意儒雅，务本理道，深斥浮艳虚薄之文。初，进士柳三变，好为浮冶艳歌之曲，传播四方，尝有《鹤冲天》词云：'忍把浮名，换了浅斟低唱。'及临轩放榜，特落之，曰：'且去浅斟低唱，何要浮名。'"柳永于是自称"奉旨填词柳三变"，词名益振。柳永这首词上达天听，从中也可见柳词的巨大影响。不过作为皇帝来说，看到这种词，的确会有所不满。唐代孟浩然据说也是因为"不才明主弃，多病故人疏"的诗句，得罪了唐玄宗，故终身与仕途无缘。这首词的前几句，与孟诗如出一辙。不过从此词中也可以看出柳永性格的两面性，他之所以发出这种否定功名、沉浸世俗生活的牢骚之语，正是来源于对功名富贵的向往与热衷，自称"白衣卿相"，不正说明了对卿相地位的羡慕吗？否则柳永何苦要汲汲于科举考试呢？事实上柳永后来也的确中举出仕了，这种心态在古代文人中是十分常见的。尽管如此，"忍把浮名，换了浅斟低唱"，这个表达了对传统价值观念之悖离的名句，以其叛逆而稍带颓废的气质，仍然成为后世不少失意文人的重要精神资源。

看花回

屈指劳生百岁期^①。荣瘁相随^②。利牵名惹逐巡过③，奈两轮、玉走金飞④。红颜成白发，极品何为⑤。　　尘事常多雅会稀⑥。忍不开眉。画堂歌管深深处，难忘酒琖花枝⑦。醉乡风景好，携手同归。

[注释]

①屈指：掐指计算。劳生：辛劳奔波的人生。百岁期：百年时间。

②荣瘁：犹言荣辱穷达，此指仕途上的得志和失意。相随：相继。

③利牵名惹：被名利所羁绊。逡巡：徘徊彷徨。

④两轮：指日轮与月轮。玉：玉兔，代指月亮。金：金乌，代指太阳。

⑤极品：最高的官品。

⑥尘事：世俗的事务。雅会：高雅美好的欢会。

⑦酒琖：即酒盏，酒杯。花枝：指艳丽的女子。

[点评]

　　这首词也是一篇抒发宦途感慨之作，上片全是议论，下片表达的是由议论转生的人生态度。起笔"屈指劳生百岁期"一句，便是饱经沧桑之语。杜甫诗云"劳生共几何，离恨兼相仍"（《陪章留后钱嘉州崔都护》），讲的还只是离愁别恨这种具体的情怀，而柳词却直指整个人生，人生不过百年，转眼即逝，如此奔波劳碌，所为何事？这也就是古人"生年不满百，常怀千岁忧"诗意的反用。"荣瘁相随"，颇有"祸福相倚"之意,得之后必有失,荣之后自有辱,仕途的荣辱和人生的得失本就如此,非人力所可改变,也不必太过执迷。"利牵"二句,谓宦途中人,都被区区名利所牵绊,一生便在欲进不进、迟疑不决的徘徊彷徨中白白流过,怎奈它日月飞逝、光阴迅速呢?"红颜"二句,是说等到红润的脸色和乌黑的头发都被鸡皮鹤发所代替之时,纵使官封极品,爵高禄厚,可是又有多大的意思呢?人生苦短,而宦途中的人生不仅尤其短暂,而且还须劳心苦命,因此下片就全写珍重眼前欢乐之意。"尘事常多"四字,便把上片所述一笔带过,所有的奔波和贵显,都不过是世俗之事而已,只有眼前的"雅会"才是最真实、最值得把握的。"忍不开眉"句,是谓对此"雅会",怎忍不放松心情,解开愁眉呢?"画堂"二句,谓尊前美酒与堂上欢歌的佳人都令人难以忘怀。"醉乡"二句,是谓醉乡之中,别有一番境界,不妨与佳人携手同归。实际上整个表达的就是及时行乐之意。上片中所述的宦途感慨,在古代文人那里是十分常见的,但他们更多的是由仕途失意而想到归隐山林田园,还是遵循"达则兼济天下,穷则独善其身"的古训。然而在柳永词中所展现的,却是一种带有强烈市民气息的人生态度,这就是士大夫理想与市民阶层理想的不同,柳永这一类词的价值和新意,也就在于反映了这种新的理想,提供了一种新的参照系和观照方式。

满江红

　　暮雨初收，长川静、征帆夜落。临岛屿、蓼烟疏淡，苇风萧索。几许渔人飞短艇，尽载灯火归村落。遣行客、当此念回程，伤漂泊。　　桐江好^①，烟漠漠^②。波似染，山如削。绕严陵滩畔^③，鹭飞鱼跃。游宦区区成底事^④，平生况有云泉约^⑤。归去来^⑥、一曲仲宣吟^⑦，从军乐。

[注释]

①桐江：即富春江。在今浙江桐庐县北，合桐溪叫桐江，即钱塘江中游自严州至桐庐一段的别称。源自天目山，流入浙江。

②漠漠：密布貌。

③严陵滩：又名严滩、严陵濑。在浙江桐庐县南。因东汉光武帝时隐士严光（字子陵）曾在此隐居而得名。

④底事：何事，何故。

⑤云泉约：代指隐居之志。

⑥归去来：辞官归去，语出陶渊明《归去来兮辞》。

⑦仲宣：东汉建安时期文人王粲，字仲宣，曾作《从军行》五首。

[点评]

　　这是柳永宦游于桐江一带时的作品,桐江在今浙江中部,是钱塘江自建德至桐庐一段的别称,此词或许即是他任睦州(今浙江建德)推官时所作,以清丽的词笔描绘了桐江附近的清秋美景,同时也抒写了自己仕途萧索、厌倦漂泊之感。上片起首三句,写雨后夜泊江边之状。暮雨潇潇,秋色无边,雨打孤篷,僻处舟中之人的心情自然可以想见。终于,雨收天晴,泊船江畔,澄静的江水与凄清的夜色起到了烘托人物心理的作用。"临岛屿"三句,写江边景色。水蓼与芦苇都是秋天繁盛开花的植物,水蓼疏淡,如同罩上了一层轻烟薄雾;阵阵苇风,带来丝丝凉意。景物朦胧,传达出凄清寥落的氛围。此为近处的静态之景,下面"几许"二句,则是远望中的动感鲜明之景,暮色渐深,渔人急桨如飞,匆匆向村落中归去。不说尽载一天的收获,而是谓"尽载灯火",则突出了晚间渔灯闪烁之状,写景入神。这几句动静相形,从正反两面衬托了整个环境的静寂,极富意境之美。同时,又是景中见情之句,盖渔人归家的急迫心情,完全体现在"飞"字之中,这就更加体现了漂泊者的孤独和凄苦,于是逼出了"遣行客"三句,正是上述晚景触动了行人的归思,令其自伤自怜,渴望结束这种羁旅行役的生涯,意中无限惆怅。情景融合无间,针脚十分细密。下片起首六句,一气呵成,急管繁弦,句短调促。先以四个短句,从烟、波、山三个方面直接描写桐江情景。梁朝的吴均在《与朱元思书》中也曾对此有过类似的刻画,谓其间的"奇山异水,天下独绝",写烟则是"风烟俱净,天山共色,从流飘荡,任意东西",写水则是"水皆缥碧,千丈见底",写山则是"夹岸高山,皆生寒树,负势竞上,互相轩邈,争高直指,千百成峰",形容曲至。而柳永此词中的三句,则以简约见长,特别是"染""削"二字,形象地表达了波光之柔碧和山势之清峻。"绕严陵滩畔"二句,则引入本地典故,通过对严光这个著名隐士的追缅,略抒怀古之意。再以"鹭飞鱼跃",概括环境的清幽和鱼鹭的自适情趣,而这种自适情趣正是隐者之乐的体现。这几句状景细致入神,又微露对隐者生涯的羡慕之情,为下文作铺垫,是全词的精彩之处,南宋黄昇《唐宋诸贤绝妙词选》卷五中亦谓"换头数语最工"。"游宦"二句,紧承"严陵",是由对先贤的缅怀转而拍合到自身的命运。自己驱驰行役,奔走飘荡,一事无成,对此美景,自然兴起归隐之思,故云"平生况有云泉约",本就早有归隐于云山泉石之间的志向,而游宦之苦更加使这种渴望变得无比强烈。因此结句便连用两个典故来抒发这种想法,一是陶渊明的《归去来兮辞》,其首句为"归去来兮,田园将芜,胡不归!"词意本此。另一个典故是用王粲的《从军行》,王粲有《从军行》五首,多"述军旅苦辛之辞"(吴兢《乐府古题要解》)和征人对故乡的怀念,柳词中的"仲宣吟""从军乐"皆指此,王诗首句为"从军有苦乐",词中的"从军乐"实指"从军苦"。此词最后以隐居之志作结,看似潇洒飘逸,实则言外有无限酸辛,表达了漂泊生活带来的怅惘愁怨和怀乡思归之情。全词委婉曲折,荡气回肠,结构严谨,在当时就是一篇天下传诵的名作。北宋释文莹《湘山野录》卷中记载:"范文正公(按:指范仲淹)谪睦州,过严陵祠下。会吴俗岁祀,里巫迎神,但歌《满江红》,有'桐江好,烟漠漠,波似染,山如削。绕严陵滩畔,鹭飞鱼跃'之句。公曰:'吾不善音律,撰一绝送神。'曰:'汉包六合网英豪,一个冥鸿惜羽毛。世祖功臣三十六,云台争似钓台高。'吴俗至今歌之。"可以想见当时人们对此词的喜好。

凤归云

　　向深秋,雨余爽气肃西郊。陌上夜阑,襟袖起凉飙①。天末残星,流电未灭②,闪闪隔林梢。又是晓鸡声断,阳乌光动③,渐分山路迢迢。　　驱驱行役,苒苒光阴④,蝇头利禄,蜗角功名⑤,毕竟成何事,漫相高⑥。抛掷云泉,狎玩尘土⑦,壮节等闲消⑧。幸有五湖烟浪,一船风月,会须归去老渔樵⑨。

[注释]

①凉飙:凉风。

②流电:指残星的流光。

③阳乌:指太阳。古代神话中谓太阳中有三足金乌。

④苒苒:光阴流逝的样子。

⑤蝇头:喻细小之物。蜗角:《庄子·则阳》:"有国于蜗之左角者曰触氏,国于蜗之右角者曰蛮氏,争地而战,伏尸数

万。"这两句表示功名利禄的微不足道。

⑥高：这里有称美、夸耀的意思。

⑦云泉：代指隐居生涯。狎玩：安习而戏弄。尘土：这里指名利场。

⑧等闲：这里有轻易的意思。

⑨会须：会当、应当。渔樵：代指隐居生活。

[点评]

　　这首词是在羁旅途中的抒怀之作。起句"向深秋"，点明节候时令。"雨余"句，写总体氛围，一般写深秋的词，常渲染秋天的萧瑟肃杀，而此词却着意展现微雨过后、秋高气爽的景象，虽是羁旅，却不衰阑。"陌上"以下，直至上片终句，皆写夜行情景。"夜阑"，即夜深，而游子仍在道途中踽踽独行，寒风渐起，天边残星如电，在林梢头微微闪烁。"又是晓鸡"二句，说明经过一夜的行程，已是黎明时分，远处山村传来隐约鸡鸣，一抹曙色渐渐明晰，照亮了迢迢的山路。柳永词中写过日行、早行，但纯粹写夜行的只此一首，同样是写得不枝不蔓，从容不迫，铺叙景物极见层次，体现出柳词写景体物之功。下片抒写感慨，主要表达由于羁旅宦游之苦所引发的归隐之情。"驱驱"二句，写在仆仆风尘中，大好年华白白流淌，岂不可惜！"蝇头"二句，化用古语，表达了对功名利禄的轻视，苏轼《满庭芳》词谓"蜗角虚名，蝇头微利"，说的也是同样的意思。故下文云"毕竟成何事，漫相高"，功名利禄，不过如此，根本没有什么值得夸耀的。这既是对醉心功名之人的婉讽，其实也是自嘲。自己"驱驱行役"，不也正是为了这微不足道的功名吗？然而知易行难，一方面自嘲，一方面又不得不奔走风尘，这正是古往今来无数文人共同的心理矛盾。"抛掷"三句，仍写自己为功名所误，当年的奇才壮节都在这种奔忙中轻易地消磨殆尽了。"幸有"三句，以自我期许作结，谓"五湖烟浪"依旧，"一船风月"无碍，定当归来，终老渔樵。当然这也只是文人的感慨而已，未必真能实现，包括柳永在内的大部分文人，有哪个是真能急流勇退，淡泊名利的呢？当他们仕途不顺利的时候，总是借隐居之志，寻找心灵的慰藉和心理平衡，官运亨通之时，可没几个人会这样想的。不管怎样，在这些作品中，毕竟提供了一种高远的、超出世俗的人生理想，哪怕做不到，它也终究是美的。

过涧歇近

淮楚。旷望极，千里火云烧空[1]，尽日西郊无雨。厌行旅。数幅轻帆旋落，舣棹兼葭浦[2]。避畏景[3]，两两舟人夜深语。　　此际争可[4]，便恁奔名竞利去。九衢尘里[5]，衣冠冒炎暑[6]。回首江乡，月观风亭，水边石上，幸有散发披襟处[7]。

[注释]

①火云:夏日的赤云。

②舣棹:泊舟。蒹葭浦:长满芦苇的水边。

③畏景:此指炎热的阳光。景,同影,指日光。

④争可:怎可。

⑤九衢:此指京城。

⑥衣冠:指缙绅者。

⑦散发披襟:披发敞胸,代指疏放无拘的隐士生涯。

[点评]

　　这也是一篇行役途中的作品,但和柳永一般的羁旅词不同的是,它既不是以当年在京城生活的安逸放浪来反衬现实的羁愁,也不是以对远方佳人的相思来反衬漂泊之苦,而是表达了对自由旷放的人生境界的羡慕和追求,反过来也就是对自己"奔名竞利"生涯的否定,人生的无奈和苦况自在其中。这种特殊的角度在柳词中是独一无二的。起句"淮楚"点明舟行所至之地。"旷望极"三句,是远望之景,侧重写夏日的炎热。"千里火云烧空"的意象,在前人诗句中屡屡出现,如岑参《送祁乐归河东》诗:"五月火云屯,气烧天地红。"白居易《别行简》诗:"岂是远行时,火云烧栈热。"李商隐《送崔珏往西州》诗:"一条雪浪吼巫峡,千里火云烧益州。"柳永综合前人句意,熔出此句,气魄更大,夏日的炎威更盛。"厌行旅"三句,写泊舟江岸。"避畏景"二句,从白天写至夜深。整个上片以平实的叙事为主,只有"厌行旅"一句,表达出了羁愁之意,但并不展开,至下片才直入主题。一天的炎暑过后,此时夜深天凉,由这种暑凉的对照,引发了词人的感慨,白天的炎热对应着"奔名竞利"的驱驰生涯,深夜的清静凉爽,对应着"散发披襟"的归隐生活。"九衢尘里",是借指京城中的扰攘喧嚣，那些冒着炎暑而奔走不已的衣冠缙绅，为了区区名利，真是何苦如此！不如在此江乡，无拘无束地享受着清风朗月。这种理想与现实的矛盾始终贯穿在中国古代文人的生涯之中。清代黄苏的《蓼园词选》从针砭时弊的角度对此词进行了详尽的分析，可供参考："趋炎附热，势利熏灼，狗苟蝇营之辈，可以'九衢尘里，衣冠冒炎暑'二语尽之。耆卿好为词曲，未第时已传播四方。西夏归朝官且曰：'凡有井水处，即能歌柳词。'其重于时如此。尝有《鹤冲天》词云：'忍把浮名，换了浅斟低唱。'及临轩放榜，时人语之曰：'且去浅斟低唱，何要浮名。'是耆卿虽才士，想亦不喜奔竞者，故所言若此。此词实令触热者读之，如冷水浇背矣！意不过为'衣冠冒炎暑'五字下针砭，而凌空结撰成一篇奇文。先从舟行苦热，深夜舟人之语，布一奇景。忽用'此际'二字，直接点入'衣冠炎暑'，令人不测。以后又用'江乡'倒缴，只一'幸'字缩住，语意含蓄，笔势奇矫绝伦。"

咏物抒怀

天然淡泞好精神

黄莺儿

　　园林晴昼春谁主。暖律潜催[①],幽谷暄和[②],黄鹂翩翩,乍迁芳树。观露湿缕金衣[③],叶映如簧语[④]。晓来枝上绵蛮[⑤],似把芳心、深意低诉。

　　无据[⑥]。乍出暖烟来,又趁游蜂去。恣狂踪浪迹,两两相呼,终朝雾吟风舞。当上苑柳秾时[⑦],别馆花深处[⑧]。此际海燕偏饶[⑨],都把韶光与。

[注释]

①律:用竹管或金属管制成的定音仪器。阳者为律,阴者为吕,阴阳各六,合称十二律,是乐律的统称。古人以为吹律则温气至。这里的暖律是代指春天温暖的气候。

②暄和:温暖。

③缕金衣:即金缕衣,缀以金饰之衣。此喻黄莺的羽毛。

④簧:乐器中用以发音的簧片。如簧语是形容黄莺的鸣叫声。

⑤绵蛮:象声词,指鸟鸣声。

⑥无据:宋人俗语,犹言没来由。

⑦上苑:帝王之园囿。此泛指园林。

⑧别馆:别墅。此泛指楼阁。

⑨海燕:燕从海上来,故称之。饶:张相《诗词曲语辞汇释》谓:饶,犹添也,连也,不足而求增益也。即今所云讨饶头之饶。此二句意谓燕子把韶光让给黄莺,使其独占春光。

[点评]

这首词在各种版本的《乐章集》里,都是开篇第一首,虽未必就是柳永词的压卷之作,但在柳永之前,尚没有如此精致细腻的咏物词,从这点来看,称之为开风气之先的作品是不过分的。词调《黄莺儿》亦首见于柳永词,当是柳永的创调,内容也即是咏黄莺,正如《钦定词谱》卷二四所云:"咏黄莺儿,取以为名。"起句"园林晴昼春谁主",有的版本作"谁为主",似乎显得直露了一些。此句谓园林晴好,春意浓酣,谁是此大好春色之主?实际上是以一设问句引起下文。"暖律"二句,渲染春天节候,谓春来阳气上升,暗催百卉萌放,幽冷的山谷这时也开始变暖了。在如此阳和的背景下,所咏之物登场:黄鹂翩翩飞下,驻于芳树。点明之后,再以"观露湿"二句加以修饰,"观"字是领字,领起这两句,"露湿缕金衣"与"叶映如簧语"是两个工整的对句,谓枝上黄鹂正在清理被露水沾湿的金色毛羽,同时在掩映的绿叶中又传来它婉转的清脆鸣声。颜色与声音相对,视觉形象与听觉形象相对,构成了一幅立体的图画。"晓来"二句,是承接"如簧语"之意,谓其鸣声似在倾诉着内心的"芳心深意",这又是以人拟鸟,以人情去揣摩"鸟意",古代咏物之作中这种立意和手法是较为普遍的,但各有巧妙不同。下片"无据"二字,显得十分突兀,不过也很醒目,它是对下面"乍出"二句的修饰,谓黄鹂似乎毫没来由地往来穿梭,破烟逐蜂。"恣狂踪浪迹",通行本都无"浪"字,这里依据赵元度校焦弱侯本改定。这三句仍然是用拟人的手法描摹黄鹂情态，前面所谓"乍出""又趁"，正与人间的浪子相仿佛，故云"狂踪浪迹"。黄鹂成双成对，终日在风雾之中吟唱歌舞，园囿中的柳枝，楼阁边的花丛，都留下了它们的身影。"此际"二句，谓燕子虽然归来了，却把韶光都让给黄鹂，遂使其独占了春色。这也是对首句"春谁主"之意的回应，使全词首尾意脉蝉联呼应。

清代黄苏《蓼园词选》中说："翩翩公子，席宠承恩，岂海岛孤寒能与伊争韶光哉！语意隐有所指，而词旨颖发，秀气独饶，自然清隽。"后面三句话讲得还是很到位的，但清代的词评家看到咏物词便忍不住要在其中寻找寄托之意，于是黄鹂成了受到恩宠之翩翩公子的象征，海燕成了孤寒士人的象征。实际上柳永词中何来寄托？不过是一首纯粹的描写春日黄莺的咏物之作而已。对这类词甚至后来词人的一些咏物词，都还是抱着平实一点的心情去看更合适些，不必强作解人甚至厚诬古人。

木兰花

柳枝

黄金万缕风牵细。寒食初头春有味。殢烟尤雨索春饶①，一日三眠夸得意②。　　章街隋岸欢游地③。高拂楼台低映水。楚王空待学风流,饿损宫腰终不似④。

[注释]

①索:求。饶:添。

②三眠:蚕初生至成蛹,蜕皮三四次。蜕皮时不食不动,成睡眠状态。第三次蜕皮谓之三眠。这里谓"一日三眠",是指细小如蚕的柳叶成长迅速。

③章街:章台街。汉长安街名。后世以之称代妓女之所居。这里是化用唐代韩翃与柳氏的故事。隋岸:即隋堤。隋炀帝开运河,于河两岸筑堤种柳。

④楚王二句:化用宫腰的典故。

[点评]

这是一首描写柳枝的咏物词。起处"黄金"句,写金黄纤细的柳枝在风中摇荡,"万缕",形容枝叶的浓密。"寒食"句,谓时值寒食,而春天的情味愈显。"嫩烟"二句,全用拟人笔法,本来是说烟雨笼罩柳树,却说柳枝与烟雨纠缠缭绕,仿佛在求添春色;本是说柳叶生长迅速,却说"夸得意",仿佛在沾沾自喜。这就发掘出了柳树的情态。下片"章街"句,连用了两个典故,一个是"章街",据《本事诗》载,唐代诗人韩翃有姬柳氏,经安史之乱,两人离散。后韩使人寄诗柳氏云:"章台柳,章台柳,昔日青青今在否。纵使长条似旧垂,也应攀折他人手。"是借柳喻人,而这里反过来借人喻柳。"隋岸",也是与柳相关的字面。"高拂"句,写楼边柳树映水成碧,而高低相形,自有情意。最后"楚王"二句,还是借人喻柳,谓楚王宫中的那些美女,即使"饿损"了"宫腰",又哪里能和真正的柳腰相比呢?实际上,也就是比喻柳条的纤细而已。此词上片主要以不同的笔法实写春日柳枝的情态,下片化用了几个与柳有关的典故进行虚写,但虚实两方面又相互照应。格调虽不必高,但词笔词心都颇为细腻,还是有其自身特色的。

木兰花

杏花

　　翦裁用尽春工意①。浅蘸朝霞千万蕊。天然淡泞好精神②,洗尽严妆方见媚③。　　风亭月榭闲相倚。紫玉枝梢红蜡蒂④。假饶花落未消愁⑤,煮酒杯盘催结子。

[注释]

①春工:春天化物之工。

②淡泞:浅淡清澄。

③严妆:浓妆。

④紫玉:比喻杏枝。红蜡:比喻杏花的花蒂。

⑤假饶:纵使。

[点评]

　　此词咏杏花。杏花浅红而不浓媚,故词亦从其清淡的姿态发掘杏花之神韵。起处"翦裁"句,不过是说杏花得春而发育滋长,意思平常,但"用尽"二字却不平常,仿佛杏花得天独厚,受到"春工"的宠爱,而加倍赐予了它的娇娆。一开始就强调了所咏之物在春天之百草千花中的突出地位,古代文论家把这种手法称之为"尊题"。"浅醮朝霞千万蕊"句,是咏杏花的外在形态,浅红的朝霞与浅红的杏花互相衬托,花如朝霞,霞光映花,万千花蕊,霞光四射,一片红云,几乎不辨彼此,写得十分热闹。"天然"二句,则写出了杏花内在的神韵,与春天浓艳的夭桃、牡丹等相比,杏花更以其清淡天成而别具风采,仿佛是一位不施脂粉的美女,"洗尽严妆",素面朝天,反而更显现出了它的自然天成之美。下片"风亭"二句,则一句写神韵,一句写形态。"风亭""月榭""闲"等字眼,都透出一股迥出流俗的高雅之气。"紫玉"句,由花写到了枝、蒂,谓杏枝如紫色的美玉,杏蒂如红色的蜡烛,都可以说是杏花的陪衬,当然作为一首咏物词来说,此句的确是有些坐实而稍觉沉闷。但下面二句却又翻出一层新意,以虚想作结,谓纵使春天消逝,杏花凋落,也不必为之愁叹感伤,因为夏日来临之时,杏树也会"绿叶成阴子满枝",而这杏果正是人们佐酒的佳品。词中是用"催结子"这样一种倒折之笔来表达,便更显得情味曲折,风致宛然。可谓以虚为实、以退为进,把惯常的因花落而伤感之意,一笔抹倒,代之以杯盘荐果的欣然,把一首极易平淡的咏物词写得兴味盎然、生气勃勃。和后来南宋史达祖、王沂孙、张炎等咏物名家的作品相比,此词固然是缺乏兴寄、手法简单,但也没有他们那种繁缛琐屑的毛病,倒是更有活泼的生机。

受恩深

　　雅致装庭宇。黄花开淡泞①。细香明艳尽天与②。助秀色堪餐③,向晓自有真珠露④。刚被金钱妒⑤。拟买断秋天⑥,容易独步⑦。　　粉蝶无情蜂已去。要上金尊⑧,惟有诗人曾许。待宴赏重阳,恁时尽把芳心吐⑨。陶令轻回顾⑩。免憔悴东篱,冷烟寒雨。

[注释]

①黄花:指菊花。淡泞:淡泊,形容菊花色调明净。

②天与:上天赋予。

③秀色堪餐:形容女子的美貌或花木的秀丽。

④向晓:临晓。

⑤刚:正。

⑥买断:买尽,占尽。

⑦容易:轻易。独步:此指独占。

⑧要:同邀。金尊:酒杯。

⑨恁时:那时。

⑩陶令：指东晋诗人陶潜，曾任彭泽令，故云。

[点评]

　　这是一首描写秋日菊花的咏物词，以体物工巧而见长。起处"雅致"二句，写庭宇旁菊花开放，是眼前景致。而所用的两个形容词"雅致""淡泞"，都非常贴切，移不到其他花木身上，古人称之为"著题"。"细香"句继续铺写，是渲染之笔，菊花洁净明丽，尤其是其淡淡的幽香，不俗不媚，最能见出"雅致""淡泞"的品格，也就是从这个角度，古人常以菊花比拟高洁的品行。"秀色堪餐"，字面上是出自西晋陆机的《日出东南隅行》诗中"秀色若可餐"句，实则也是暗用《离骚》中"朝饮木兰之坠露兮，夕餐秋菊之落英"之意，无形中更是抬高了菊花的品格。这两句是说晓色中的菊瓣，沾上了颗颗如珍珠的露滴，使菊花的秀色越发明艳。"刚被"句，据《菊谱》云：金钱菊，为菊之一种，九月末开深黄色花。这句本是形容菊花的色泽金黄如金钱，在写法上却以虚为实，说菊之黄为金钱所妒，这样显得更有情致，词意也有波折。"拟买断"二句，谓菊花独占秋色。这是总束之句，将上片对于菊花的描写与秋天的特定氛围联系起来，以引起下片转生的新意。"粉蝶"三句，谓菊花开于秋季，既无浪蝶拈花，亦无狂蜂萦绕，蝶蜂俱为春日之物，故云"无情""已去"。唯一能欣赏黄菊的只有诗人，将其邀上"金尊"，倍加赞许。因此菊花亦通人意，非得等到"宴赏重阳"之时，才"尽把芳心吐"，这都是拟人之笔，揣摩菊花心事。最后"陶令"三句，先拉来陶渊明作为诗人的代称，盖陶氏有著名的"采菊东篱下，悠然见南山"之句，"轻回顾"，在这里有及早赏菊的意思，因为等到"冷烟寒雨"来袭之时，菊花也将纷纷凋落，憔悴于"东篱"之下，到那时可就再也不会有悠然之兴了。此词上片是实写，下片则全是虚写。实写之细致贴切自不待言，而最耐人寻味的是下片的虚处传神之笔，空际盘旋而能有如许笔墨，这就靠的是柳永所擅长的铺叙手法了，层层转进，针脚细密，在咏物词中亦可谓别具一格之作。

瑞鹧鸪

　　天将奇艳与寒梅。乍惊繁杏腊前开。暗想花神、巧作江南信①，鲜染燕脂细剪裁②。　　寿阳妆罢无端饮③，凌晨酒入香腮。恨听烟坞深中，谁恁吹羌管④、逐风来。绛雪纷纷落翠苔⑤。

[注释]

①江南信：化用陆凯赠范晔诗事。

②燕脂：即胭脂。

③寿阳妆：即梅花妆。据说南朝宋武帝女寿阳公主卧于含章殿檐下，梅花落其额上，成五出之花，拂之不去，经两日，洗之乃落。宫女效之，称梅花妆，亦称梅妆。无端：这里指无尽、无休之意。

④羌管：羌笛。这里指汉横吹曲《梅花落》。

⑤绛雪：比喻飘落的红梅。

[点评]

此词咏红梅。起句"天将奇艳与寒梅"，破空而来，颇有气势，艳而曰奇，可谓艳丽到了极点。"乍惊"句，是反衬烘托之笔，本是说红梅盛开，如春日烧林的艳杏，却倒过来说乍看之下，简直令人惊疑是杏花提前在腊月开放了。此亦是以虚衬实之法，使词意产生动荡跳跃之感。"暗想"二句，仍是以虚写实，纯以设想行文，谓梅花盛放正是花神所带来的江南春信，"鲜染燕脂"，是形容梅花的红艳怒放之色。曰"巧"、曰"细剪裁"，则是以花神之精心创制来展现梅花的艳丽。下片"寿阳"二句，紧扣花色，以美人醉酒后脸腮之上的红晕，来形容梅花的娇媚。词意至此，已把梅花的形色描写尽致，"恨听"二句，则顿生转折，转写梅花之凋落。以"恨"字领起，憾恨怜惜之意显然。谓烟坞中传来幽咽的羌笛之声，而所奏之曲正为《落梅花》，这同样是虚写，不过是说梅花将谢而已，但经过这一层渲染，便生情致。风传笛声，但同时这寒风亦在吹落梅花，故"绛雪纷纷落翠苔"矣。这首词从梅花的盛放写到梅花的凋谢，描摹工致，笔调灵活。虽然说不上是绝妙好词，但毕竟是宋词中较早的一篇咏梅的作品，对后来南宋大量的咏梅词而言，或有筚路蓝缕之功吧。